文春文庫

女のいない男たち

村上春樹

文藝春秋

目次

女のいない男たち

まえがき

長編小説にせよ短編小説集にせよ、自分の小説にまえがきやあとがきをつけるのがあまり好きではなく（偉そうになるか、言い訳がましくなるか、そのどちらかの可能性が大きい）、そういうものをできるだけ書かないように心がけてきたのだが、この『女のいない男たち』という短編小説集に関しては、成立の過程に関していくらか説明を加えておいた方がいいような気がするので、あるいは余計なことかもしれないが、いくつかの事実を「業務報告」的に記《しる》させていただきたいと思う。偉そうにもならず、言い訳がましくもなく、邪魔にならないようにできるかぎり努めるつもりだが、結果には今ひとつ自信が持てない。

僕がこの前に出した短編小説集は『東京奇譚集』で、それが二〇〇五年のことだから、九年ぶりの短編集刊行ということになる。そのあいだ断続的に何冊かの長編小説にかかりきりになっていて、短編小説を書こうという気持ちはなぜか起きなかった。でも去年（二〇一三年）の春に必要に迫られて、短編小説をひとつずいぶん久方ぶりに書き（『恋するザムザ』）、その作業を思いのほか楽しむことができた（書き方を忘れていなかったのは何よりだった）。それで夏ごろに、「長編小説もさすがに書き疲れたし、そろそろまとめて短編小説を書いてみようかな」と考えるようになった。

僕は短編小説をだいたいいつも一気にまとめ書きしてしまう。いろんな媒体に散発的に短編を書くという方式は、まだ執筆システムが定まっていなかったキャリアの本当の初期はべつにして、ほとんどとったことがない。長編小説を書き下ろしで書くのが本来、体質に向いているらしく、あちこちに切れ切れに短編小説を書いていると、調子がなかなか出てこないというか、力の配分がうまくいかない。だから短編六、七本くらいを一度に集中して書くことにしている。するとちょうど「本一冊分」の仕事量になり、水泳で言えば、息継ぎの感覚がつかみやすい。『神の子どもたちはみな踊る』も『東京奇譚集』もそういう書き方をした。だいたい二週間に一本、三ヶ月か四ヶ月で単行本一冊分というペースで書いていく。そういう書き方をして都合の良い点は、作品のグループにそれなりの一貫性や繋がりを与えられることだ。ばらばらに書かれたものをただ集めてひとつのバスケットに詰め込むというのではなく、特定のテーマなりモチーフを設定し、コンセプチュアルに作品群を並べていくことができる。『神の子どもたちはみな踊る』の場合のモチーフは「一九九五年の神戸の震災」だったし、『東京奇譚集』の場合は「都市生活者を巡る怪異譚」だった。そういう「縛り」がひとつあった方が話を作っていきやすいということもある。

本書のモチーフはタイトルどおり「女のいない男たち」だ。最初の一作（『ドライブ・マイ・カー』）を書いているあいだから、この言葉は僕の頭になぜかひっかかっていた。何かの曲のメロディーが妙に頭を離れないということがあるが、それと同じように、そのフレーズは僕の頭を離れなかった。そしてその短編を書き終えたときには、この言葉をひとつの柱として、その柱を囲むようなかたちで、一連の短編小説を書いてみたいという気持ちになっていた。そういう意味では『ドライブ・マイ・カー』がこの本の出発点になった。

「女のいない男たち」と聞いて、多くの読者はアーネスト・ヘミングウェイの素晴らしい短編集を思い出されることだろう。僕ももちろん思い出した。でもヘミングウェイの本のこのタイトル“Men Without Women”を、高見浩氏は『男だけの世界』と訳されているし、僕の感覚としてもむしろ「女のいない男たち」よりは「女抜きの男たち」とでも訳した方が原題の感覚に近いような気がする。しかし本書の場合はより即物的に、文字通り「女のいない男たち」なのだ。いろんな事情で女性に去られてしまった男たち、あるいは去られようとしている男たち。

どうしてそんなモチーフに僕の創作意識が絡《から》め取られてしまったのか（絡め取られたというのがまさにぴったりの表現だ）、僕自身にもその理由はよくわからない。そういう具体的な出来事が最近、自分の身に実際に起こったわけではないし（ありがたいことに）、身近にそんな実例を目にしたというわけでもない。ただそういう男たちの姿や心情を、どうしてもいくつかの異なった物語のかたちにパラフレーズし、敷衍《ふえん》してみたかったのだ。それは僕という人間の「現在」の、ひとつのメタファーであるのかもしれない。あるいは遠回しな予言みたいなものなのかもしれない。それとも僕はそのような「悪魔払い」を個人的に必要としているのかもしれない。そのあたりは僕自身にも説明できない。しかしいずれにせよこの本のタイトルが『女のいない男たち』になることは最初から決定されていたようだし、それが揺るぐことはなかった。言い換えるなら、僕はおそらくこのような一連の物語を心のどこかで自然に求めていたのだろう。

まず最初に『ドライブ・マイ・カー』と『木野』の第一稿を書いた。そして「文藝春秋」本誌に「短編小説を書いたのですが、掲載してもらえる可能性はありますか？」と尋ねてみた。僕はもう長いあいだ、長編にせよ短編にせよ、依頼を受けて小説を書くということをしていない。とりあえず書いてしまってから、その作品が向いてそうな雑誌なり出版社に持ち込む。依頼を受けて小説を書くと、どうしても容《い》れ物や分量や期日の制約があり、自分の表現者としての（というのも大仰な言い方だが、他にうまい言葉が浮かばないので）自由が失われてしまうような気がするからだ。

現在文藝春秋の社長をされている平尾隆弘さんには、僕が以前雑誌「文藝春秋」に短編小説を掲載したとき、担当編集者としてお世話になった。そういう縁がある。平尾さんがまず『ドライブ・マイ・カー』を読んでくれ、編集部と相談して、「本誌に掲載しましょう」ということになった。それから僕は『イエスタデイ』と『独立器官』という小説を、「文藝春秋」に掲載することをとりあえず念頭に置いて書いた。どれも枚数は四〇〇字詰め原稿用紙にして八十枚と、短編小説にしてはかなり長い分量だった。でもそれくらいが、その時期の僕には「ぴったりくる」分量だったようだ。枚数をあらかじめ決めて書いたわけではないが、どの作品も量ったように八十枚前後になった。全体のバランスを考えて、三本目に書いた『イエスタデイ』を、二本目に書いた『木野』の前に掲載してもらうことにした。『木野』は推敲に思いのほか時間がかかったということもある。これは僕にとっては仕上げるのがとてもむずかしい小説だった。何度も何度も細かく書き直した。ほかのものはだいたいすらすらと書けたのだけど。

その途中で畏友・柴田元幸さんの主宰する文芸誌「MONKEY」から、創刊第二号のための短編小説を依頼された。前にも書いたように、原則として小説執筆の依頼は受けないのだが、ちょうどうまい具合に短編小説を書くモードにずっぽり入っていたということもあり、「いいですよ。やりましょう」と返事をして、すぐに『シェエラザード』を書きあげ、渡した。順番としては『イエスタデイ』と『独立器官』とのあいだに書いたわけだが、この作品は「文藝春秋」に書くのとはまったく違うスタンスで書くことができた。「文藝春秋」本誌はいわばジェネラルな読者を対象にした総合雑誌だが、「MONKEY」はどちらかといえば尖《とが》った若い読者向けの、新しい感覚の文芸誌だ。超メジャー対「個人商店」といえばいいのか。そういう意味で、僕はそれらの媒体の性格の差違を楽しみながら、少し違った意識で小説を書くことができた。こちらは六十枚と少しばかり小振りになっている（という か短編小説としては標準的な長さだが）。別の雑誌のために書いたものだが、「女のいない男たち」というモチーフは同じであり、連作のひとつと考えてもらっていい。

そして最後に雑誌のためではなく、単行本のための「書き下ろし」というかたちで短編『女のいない男たち』を書いた。考えてみれば、この本のタイトルに対応する「表題作」がなかったからだ。そういう、いわば象徴的な意味合いを持つ作品がひとつ最後にあった方が、かたちとして落ち着きがいい。ちょうどコース料理のしめのような感じで。

この短い作品『女のいない男たち』を書くにあたってはささやかな個人的なきっかけがあった。そのきっかけがあり、「そうだ、こういうものを書こう」というイメージが自分の中に湧き上がり、ほとんど即興的に淀みなく書き上げてしまった。僕の人生には時としてそういうことがある。何かが起こり、その一瞬の光がまるで照明弾のように、普段は目に見えないまわりの風景を、細部までくっきりと浮かび上がらせる。そこにいる生物、そこにある無生物。そしてその鮮やかな焼きつけを素早くスケッチするべく机に向かい、そのまま一息で、骨格になる文章を書き上げてしまう。小説家にとってそういう体験を持てるのは何より嬉しいことだ。自分の中に本能的な物語の鉱脈がまだ変わらず存在しており、何かがやってきてそれをうまく掘り起こしてくれたのだと実感できること、そういう根源的な照射の存在を信じられること。

短編小説をまとめて書くときはいつもそうだが、僕にとってもっとも大きな喜びは、いろんな手法、いろんな文体、いろんなシチュエーションを短期間に次々に試していけることにある。ひとつのモチーフを様々な角度から立体的に眺め、追求し、検証し、いろんな人物を、いろんな人称をつかって書くことができる。そういう意味では、この本は音楽でいえば「コンセプト・アルバム」に対応するものになるかもしれない。実際にこれらの作品を書いているあいだ、僕はビートルズの『サージェント・ペパーズ』やビーチ・ボーイズの『ペット・サウンズ』のことを緩く念頭に置いていた。そういう不朽の名作と自分の作品集を同列に並べるのはいうまでもなくまことにおこがましいのだけれど、(あくまで)イメージとしては、つもりとしてはそういうものなのだと思って読んでいただけると、作者としてはありがたい。

僕がこれまでの人生で巡り会ってきた多くのひそやかな柳の木と、しなやかな猫たちと、美しい女性たちに感謝したい。そういう温もりと励ましがなければ、僕はまずこの本を書き上げられなかったはずだ。

最後になるが『ドライブ・マイ・カー』と『イエスタデイ』は雑誌掲載時とは少し内容が変更されている。『ドライブ・マイ・カー』は実際の地名について、地元の方から苦情が寄せられ、それを受けて別の名前に差し替えた。『イエスタデイ』については、歌詞の改作に関して著作権代理人から「示唆《しさ》的要望」を受けた。僕の方にももちろんそれなりの言い分はあるけれど(歌詞は訳詞ではなく、まったく無関係な僕の創作だから)、ビートルズ・サイドとトラブルを起こすのはこちらの本意ではないので、思い切って歌詞を大幅に削り、問題が起きないようにできるだけ工夫した。どちらも小説の本質とはそれほど関係のない箇所なので、テクニカルな処理によって問題がまずは円満に解消してよかったと思っている。ご了承いただきたい。

二〇一四年三月

村上春樹

ドライブ・マイ・カー

　これまで女性が運転する車に何度も乗ったが、家福《かふく》の目からすれば、彼女たちの運転ぶりはおおむね二種類に分けられた。いささか乱暴すぎるか、いささか慎重すぎるか、どちらかだ。後者の方が前者より――我々はそのことに感謝するべきなのだろう――ずっと多かった。一般的に言えば、女性ドライバーたちは男性よりも丁寧な、慎重な運転をする。もちろん丁寧で慎重な運転に苦情を申し立てる筋合いはない。それでもその運転ぶりは時として、周囲のドライバーを苛立《いらだ》たせるかもしれない。

　その一方で「乱暴な側」に属する女性ドライバーの多くは、「自分の運転は上手だ」と信じているように見える。彼女たちは多くの場合、慎重に過ぎる女性ドライバーたちを馬鹿にし、自分たちがそうではないことを誇らしく思っている。しかし彼女たちが大胆に車線変更をするとき、まわりの何人かのドライバーがため息をつきながら、あるいは褒めがたい言葉を口にしながら、ブレーキ・ペダルをいくぶん強めに踏んでいることには、あまり気がついていないようだった。

もちろんどちらの側にも属さないものもいる。乱暴すぎもせず、慎重すぎもしない、ごく普通の運転をする女性たちだ。その中にはかなり運転の達者な女性たちもいた。しかしそんな場合でも家福は、彼女たちからなぜか常に緊張の気配を感じ取ることになった。何がどうと具体的に指摘はできないのだが、助手席に座っていると、そういう「円滑ではない」空気が伝わってきて、どうも落ち着かなくなってしまう。いやに喉が渇いたり、あるいは沈黙を埋めるために、しなくてもいいつまらない話を始めたりする。

もちろん男の中にも運転の上手なものもいれば、そうでないものもいる。しかし彼らの運転は多くの場合、そういう緊張を感じさせない。とくに彼らがリラックスしているというわけではない。たぶん実際、緊張もしているのだろう。しかし彼らはどうやらその緊張感と自分のあり方とを自然に——おそらくは無意識的に——分離させることができるみたいだ。運転に神経を遣いつつ、その一方でごく通常のレベルで会話をし、行動をとる。それはそれ、こちらはこちらという具合に。そのような違いがどこから生じるのか、家福にはわからない。

彼が男性と女性を区別して考えることは、日常的なレベルではあまりない。男女の能力差を感じることもほとんどない。家福は職業柄、男女ほぼ同数の相手と仕事をするし、女性と仕事をしているときの方がむしろ落ち着けるくらいだ。彼女たちはおおむね細部に注意深く、また耳がよい。しかし車の運転に限って言えば、女性が運転する車に乗ると、隣でハンドルを握っているのが女性であるという事実を彼は常に意識させられた。しかしそのような意見を誰かに語ったことはない。それは人前で口にするには不適切な話題であるように思えたからだ。

だから彼が専属の運転手を捜しているという話をして、修理工場の経営者である大場が若い女性ドライバーを推薦してくれたとき、家福はそれほど楽しげな表情を顔に浮かべることができなかった。大場はそれを見て微笑した。気持ちはわかりますよ、と言わんばかりに。

「でもね、家福さん、この子の運転の腕は確かですよ。そいつは私が間違いなく保証します。よかったら会うだけでも一度会ってやってくれませんか？」

「いいよ。あなたがそう言うなら」と家福は言った。彼は一日でも早く運転手を必要としていたし、大場は信頼のできる男だった。もう十五年のつきあいになる。針金のような硬い髪をした、小鬼を思わせる風貌の男だが、こと車に関しては彼の意見に従ってまず間違いはない。

「念のためにアラインメントを見ておきたいんですが、そちらに問題がなければ、あさっての二時には完全な状態で車をお渡しできると思います。そのときに本人にここに来させますから、試しに近所をちょっと運転させてみたらいかがでしょう？　もし気に入らなければ、そう言って下さい。私に気を遣ったりする必要はまったくありません」

「年はいくつくらいなんだ？」

「たぶん二十代の半ばだと思います。あらためて訊いたことはありませんが」と大場は言った。それから少し顔をしかめた。「ただ、さっきも言ったように運転の腕にはまったく問題はないんですがね……」

「でも？」

「でもね、なんていうか、ちょいと偏屈なところがありまして」

「どんな？」

「ぶっきらぼうで、無口で、むやみに煙草を吸います」と大場は言った。「お会いになったらわかると思うんですが、かわいげのある娘というようなタイプじゃないです。ほとんどにこりともしません。それからはっきり言って、ちょっとぶすいかもしれません」

「それはかまわない。あまり美人だとこっちも落ち着かないし、妙な噂が立っても困る」

「なら、ちょうどいいかもしれません」

「いずれにせよ、運転の腕は確かなんだね？」

「そいつはしっかりしてます。女性にしてはとかそういうんじゃなくて、ただひたすらうまいんです」

「今はどんな仕事をしているの？」

「さあ、私にもよくわかりません。コンビニでレジをやったり、宅配便の運転をしたり。そういう短期間のアルバイトで食いつないでいるみたいです。他に条件の良い話があれば、すぐにでもやめられる仕事です。知人の紹介でうちを尋ねて来たんですが、うちもそんなに景気が良くないですし、新たに従業員を雇うような余裕はありません。ときどき必要なときに声をかけるくらいです。でもなかなかしっかりした子だと私は思います。少なくとも酒はいっさい口にしません」

飲酒の話題は家福の顔を曇らせた。右手の指が自然に唇に伸びた。

「あさっての二時に会ってみよう」と家福は言った。ぶっきらぼうで無口でかわいげがないというところが彼の興味を惹いた。

二日後の午後二時には、黄色のサーブ900コンバーティブルは修理を終えられていた。右前面のへこんだ部分は元通りに修復され、塗装も継ぎ目がほとんどわからないように丁寧に仕上がっていた。エンジンは点検整備され、ギアは再調整され、ブレーキパッドもワイパーブレードも新しいものに交換された。洗車され、ホイールを磨かれ、ワックスをかけられていた。いつもどおり大場の仕事にはそつがなかった。家福はもう十二年そのサーブに乗り続け、走行距離も十万キロを超えている。キャンバスの屋根もだんだんくたびれてきた。強い雨の降る日には隙間の水漏れを気にする必要がある。しかし今のところ新車に買い換えるつもりはない。これまで大きなトラブルは皆無だったし、何よりも彼はその車に個人的な愛着を持っていた。冬でも夏でも、車の屋根を開けて運転するのが好きだった。冬には分厚いコートを着てマフラーを首に巻き、夏には帽子をかぶって濃いサングラスをかけ、ハンドルを握った。シフトの上げ下げを楽しみながら都内の道路を移動し、信号待ちのあいだにのんびり空を眺めた。流れる雲や、電線にとまった鳥たちを観察する。そういうのが彼の生活スタイルの欠かせない一部になっていた。家福はゆっくりとサーブのまわりを一周し、レース前の馬の体調を確かめる人のように、あちこち細かい部分を点検した。

その車を新車で購入したとき、妻はまだ存命だった。ボディーカラーの黄色は彼女が選んだものだ。最初の数年間はよく二人でドライブをした。妻は運転をしなかったので、ハンドルを握るのはいつも家福の役だった。遠出も何度かした。伊豆や箱根や那須に出かけた。しかしそのあとの十年近くはほとんど常に彼一人で乗っていた。妻の死後、何人かの女性と交際したが、彼女たちを助手席に座らせる機会はなぜか一度もなかった。

都内から外に足を伸ばすことも、仕事でそうする必要がある場合を別にして、まったくなくなってしまった。

「さすがにあちこちに少しずつやれが出てきていますが、まだまだ大丈夫です」と大場は大型犬の首でも撫でるように、ダッシュボードを手のひらで優しくこすりながら言った。「信頼できる車ですよ。この時代のスウェーデン車って、なかなかしっかり作られているんです。電気系統に気を遣う必要はありますが、基本のメカニズムには何ら問題ありません。ずいぶん丁寧に整備をしてきましたしね」

家福が必要書類にサインし、請求書の詳細について説明を受けているときに、その娘がやってきた。身長は一六五センチくらいで、太ってはいないが、肩幅は広く、体格はがっしりしていた。右の首筋に大きめのオリーブくらいのサイズの楕円形の紫色のアザがあったが、彼女はそれを外にさらすことにとくに抵抗を感じていないようだった。たっぷりとした真っ黒な髪は邪魔にならないように後ろでまとめられていた。彼女はおそらくどのような見地から見ても美人とは言えなかったし、大場が言ったようにひどく素っ気ない顔をしていた。頰にはにきびのあとが少し残っていた。目は大きく、瞳がくっきりしているが、それはどことなく疑り深そうな色を浮かべていた。目が大きいぶん、その色も濃く見えた。両耳は広く大きく、まるで僻地《へきち》に備えられた受信装置のように見えた。五月にしてはいささか厚すぎる、男物のヘリンボーンのジャケットを着て、茶色のコットンパンツをはき、コンバースの黒いスニーカーを履いていた。ジャケットの下は白い長袖のTシャツ、胸はかなり大きい方だ。

大場が家福を紹介した。彼女の名前は渡利《わたり》といった。渡利みさき。

「みさきは平仮名です。もし必要なら履歴書を用意しますが」、彼女は挑戦的に聞こえなくもない口調でそう言った。

家福は首を振った。「今のところ履歴書までは必要ない。マニュアル・シフトは運転できるよね？」

「マニュアル・シフトは好きです」と彼女は冷ややかな声で言った。まるで筋金入りの菜食主義者がレタスは食べられるかと質問されたときのように。

「古い車だから、ナビもついていないけど」

「必要ありません。しばらく宅配便の仕事をしていました。都内の地理は頭に入っています」

「じゃあ試しにこのあたりを少し運転してくれないかな？　天気が良いから屋根は開けていこう」

「どこに行きますか？」

家福は少し考えた。今いるところは四の橋の近くだ。「天現寺の交差点を右折して、明治屋の地下の駐車場に車を停め、そこで少しばかり買い物をして、それから有栖川《ありすがわ》公園の方に坂を上がって、フランス大使館の前を通って明治通りに入る。そしてここに戻る」

「わかりました」と彼女は言った。いちいち道順の確認もしなかった。そして大場から車のキーを受け取ると、座席の位置とミラーを手早く調整した。どこにどんなスイッチがあるのか、彼女はすべて承知しているようだった。クラッチを踏み、ギアをひととおり試した。ジャケットの胸のポケットからレイバンの緑色のサングラスを出してかけた。それから家福に向かって小さく肯《うなず》いた。用意は整ったということだ。

「カセットテープ」と彼女はオーディオを見て独り言のように言った。

「カセットテープが好きなんだ」と家福は言った。「CDなんかより扱いやすい。台詞《せりふ》の練習もできる」

「ひさしぶりに見ました」

「僕が運転を始めた頃はエイトトラックだった」と家福は言った。

みさきは何も言わなかったが、どうやら表情からするとエイトトラックがどんなものかも知らないらしかった。

大場の保証したとおり、彼女は優秀なドライバーだった。運転操作は常に滑《なめ》らかで、ぎくしゃくしたところはまるでなかった。道路は混んでいて、信号待ちをすることも多かったが、彼女はエンジンの回転数を一定に保つことを心がけているようだった。視線の動きを見ているとそれがわかった。しかしいったん目を閉じると、シフトチェンジが繰り返されていることは、家福にはほとんど感知できなかった。エンジンの音の変化に耳を澄ませて、ようやくギア比の違いがわかるくらいだ。アクセルやブレーキの踏み方も柔らかく注意深かった。また何よりありがたかったのは、その娘が終始リラックスして運転していることだった。彼女は車を運転していないときより、むしろ運転をしているときの方が緊張がうまくとれるらしかった。その表情の素っ気なさは薄らぎ、目つきもいくらか温和になっていた。ただ口数が少ないことには変わりない。質問されない限り、口を開こうとはしない。

しかし家福はそのことをとくに気にしなかった。彼も日常的に会話をすることがあまり得意ではない。気心の知れた相手と中身のある会話をするのは嫌いではないが、そうでなければむしろ黙っていられた方がありがたい。彼は助手席に身を沈め、通り過ぎていく街の風景をぼんやりと眺めていた。いつも運転席でハンドルを握っていた彼にとって、そういう視点から眺める街の風景は新鮮に感じられた。

交通量の多い外苑西通りで、試しに何度か縦列駐車をさせてみたが、彼女は要領よく的確にそれをこなした。勘の良い娘だ。運動神経も優れている。彼女は長い信号待ちのあいだに煙草を吸った。マールボロが好みのブランドであるようだった。信号が青に変わるとすぐに煙草を消した。運転をしているあいだは煙草は吸わない。吸い殻には口紅はついていなかった。爪のマニキュアもない。化粧というものをほとんどしていないようだ。

「訊いておきたいことがいくつかあるんだけど」と家福は有栖川公園のあたりで言った。

「訊いて下さい」と渡利みさきは言った。

「運転はどこで身につけたの？」

「北海道の山の中で育ちました。十代半ばから車を運転しています。車がなければ生活できないようなところです。谷間にある町で、あまり日も射さず、一年の半分近く道路は凍結しています。運転の腕はいやでも良くなります」

「でも山の中で縦列駐車の練習はできないだろう」

彼女はそれには返事をしなかった。答える必要もない愚問だということなのだろう。

「急に運転手が必要になった事情は、大場さんから聞いているかな？」

みさきはまっすぐ正面を見つめながらアクセントの乏しい声で言った。「家福さんは俳優で、今は週に六日、舞台に出演しています。自分で車を運転してそこに行きます。地下鉄もタクシーも好きじゃない。車の中で台詞の練習をしたいから。でもこのあいだ接触事故を起こし、免許証も停止になった。お酒が少し入っていたことと、それから視力に問題があったためです」

家福は肯いた。なんだか他人が見た夢の話を聞いているみたいだ。

「警察の指定した眼科医の検査を受けたら、緑内障の徴候が見つかった。視野にブラインドスポットがあるらしい。右の隅の方に。それまではまったく気づかなかったんだが」

飲酒運転については、アルコールの量もそれほど多くなかったので、内々に収めることができた。マスコミにも洩れないようにした。しかし視力の問題については事務所も見過ごすわけにはいかなかった。今のままだと、右側後方から近づいて来る車が死角に入って見えない可能性がある。再検査して良い結果が出るまでは絶対に自分で運転はしないでくれと申し渡されていた。

「家福さん」とみさきは質問した。「家福さんと呼んでいいですか？　本名なんですか？」

「本名だよ」と家福は言った。「縁起の良さそうな名前だけど、どうやら御利益《ごりやく》はないみたいだ。うちの親戚には金持ちと呼べる人間は一人もいないからね」

しばらく沈黙があった。それから家福は、専属の運転手として彼女に支払うことのできる一月ぶんの給料の額を告げた。大した額ではない。しかしそれが家福の属する事務所から支出できる限度だった。家福の名前はある程度世間で知られているが、映画やテレビで主役をはれる俳優ではないし、舞台で稼げる金は限られている。彼クラスの俳優にとっては、何ヶ月かの限定とはいえ、専用の運転手をつけること自体が例外的な贅沢なのだ。

「勤務時間はスケジュール次第で変わってくるけれど、ここのところは舞台が中心だから、基本的に午前中には仕事はない。昼までは寝ていられる。夜は遅くても十一時にはあがれるようにする。もっと遅い時間に車が必要な場合はタクシーを使う。週に一日は休みをあげられるようにする」

「それでけっこうです」とみさきはごくあっさりと言った。

「仕事自体はそれほど重労働じゃないと思う。きついのはむしろ何もしないで待機している時間かもしれない」

みさきはそれについては何も言わなかった。ただ唇をまっすぐに結んでいた。そんなものよりきついことは、これまで山ほど経験してきたという顔つきだった。

「屋根を開けているときに煙草を吸うのはかまわない。でも屋根を閉じているときには吸わないでほしい」と家福は言った。

「わかりました」

「何かそちらの希望は？」

「とくにありません」。彼女は眼を細め、ゆっくり息を吸い込みながらシフトダウンをした。そして言った。「この車が気に入ったから」

そのあとの時間を二人は無言のうちに送った。修理工場に戻り、家福は大場を脇に呼んで「彼女を雇うことにするよ」と告げた。

翌日からみさきは家福の専属運転手となった。午後の三時半に彼女は恵比寿にある家福のマンションにやってきて、地下の駐車場から黄色いサーブを出し、彼を銀座にある劇場まで送り届けた。雨が降っていなければ、屋根は開けたままにしておいた。行きの道、家福はいつも助手席でカセットテープを聴きながら、それにあわせて台詞を読み上げた。明治時代の日本に舞台を移して翻案したアントン・チェーホフの『ヴァーニャ伯父』だ。彼がヴァーニャ伯父の役をつとめていた。すべての台詞を完璧に暗記していたが、それでも気持ちを落ち着けるために日々台詞を復唱する必要があった。それが長いあいだの習慣になっていた。

帰り道ではよくベートーヴェンの弦楽四重奏曲を聴いた。彼がベートーヴェンの弦楽四重奏曲を好むのは、それが基本的に聴き飽きしない音楽であり、しかも聴きながら考え事をするのに、あるいはまったく何も考えないことに、適しているからだった。もっと軽い音楽を聴きたいときには、古いアメリカン・ロックを聴いた。ビーチ・ボーイズやラスカルズやクリーデンス、テンプテーションズ。家福が若い頃に流行った音楽だ。みさきは家福のかける音楽についてはとくに感想を言わなかった。彼女がそれらの音楽を好んでいるのか、苦痛に思っているのか、あるいはまったく何も聞こえていないのか、家福にはどれとも判断できなかった。感情の動きが表に出てこない娘なのだ。

普通ならそばに誰かがいると緊張して、声に出して台詞を練習することなんてとてもできないのだが、みさきに関してはその存在が気にならなかった。そういう意味では、彼女の無表情で素っ気ないところが、家福にはありがたかった。彼が隣でどんな大きな声で台詞を口にしようと、彼女はまるで何も耳に入っていないように振る舞った。あるいは実際に何も耳に入っていなかったのかもしれない。彼女はいつも運転に神経を集中していた。あるいは運転によってもたらされる特殊な禅の境地にひたっていた。

みさきが自分のことを個人的にどう思っているのか、家福にはそれも見当がつかない。少しくらいは好意を抱いているのか、まったく何の興味も関心も持っていないのか、あるいは虫ずが走るほど嫌なのだが、ただ仕事がほしくて我慢しているだけなのか、それすらわからない。しかしどう思われていようと、家福にはとくに気にならなかった。彼はその娘の滑らかで確実な運転が気に入っていたし、余計なことを言わず、感情を表に出さないところも気に入っていた。

舞台が終わると家福はすぐに舞台化粧を落とし、服を着替え、速《すみ》やかに劇場をあとにする。ぐずぐず居残っているのは好きではない。役者同士の個人的なつきあいもほとんどない。携帯電話でみさきに連絡を取り、楽屋口に車をまわしてもらう。彼がそこにいくと、黄色いサーブ・コンバーティブルが待っていた。そして十時半過ぎには恵比寿のマンションに戻る。それがほぼ毎日繰り返された。

それ以外の仕事が入ることもある。テレビの連続ドラマの収録のために、週に一度は都内のテレビ局に出向かなくてはならなかった。平凡な刑事物のドラマだが、視聴率は高かったし、ギャラもよかった。彼は主人公の女刑事を助ける易者の役だった。その役になりきるために彼は変装して実際に何度も街に出て、本物の易者として通りがかりの人々の占いをした。よくあたるという評判まで立った。夕方までにその収録を終え、その足で急いで銀座の劇場に向かう。この部分がいちばんリスキーだ。週末にはマチネーを終えたあと、俳優の養成学校で演技の夜のクラスを受け持った。家福は若い人々を指導するのが好きだった。そういう送り迎えもすべて彼女がおこなった。みさきは何の問題もなく、予定通りに彼をあちこちの場所に送り届け、家福も彼女の運転するサーブの助手席に座っていることに慣れていった。時には深く眠り込むことさえあった。

気候が暖かくなると、みさきはヘリンボーンの男物のジャケットを脱いで、薄手の夏物のジャケットに替えた。運転するときには、彼女は常に必ずどちらかのジャケットを着用した。たぶん運転手の制服のかわりなのだろう。梅雨の季節になり、車の屋根が閉められることが多くなってきた。

家福は助手席に座っているとき、亡くなった妻のことをよく考えた。みさきが運転手を務めるようになって以来、なぜか頻繁に妻のことを思い出すようになった。妻もやはり女優で、彼より二つ年下、美しい顔立ちの女だった。家福はいちおう「性格俳優」ということになっていたし、入ってくる役もいくぶん癖のある脇役であることが多かった。顔はいささか細長すぎるし、髪は若いうちからもう薄くなり始めていた。主役には向かない。それに比べると妻は正統的な美人女優だったし、与えられる役も収入も、それに相応《ふさわ》しいものだった。しかし年齢を重ねるにつれて、彼の方がむしろ個性的な演技派の俳優として、世間で高く評価されるようになっていった。それでも二人はお互いのポジションを認め合っていたし、人気や収入の違いが彼らのあいだで問題になることは一度もなかった。

家福は彼女を愛していた。最初に会ったときから(彼は二十九歳だった)強く心を惹かれたし、妻が死ぬまで(彼はそのとき四十九歳になっていた)気持ちは変わらなかった。結婚している間、妻以外の女と寝たことは一度もない。そういう機会もなくはなかったが、とくにそうしたいという気持ちは起きなかった。

しかし妻の方は時折、彼以外の男と寝ていた。家福にわかっている限りでは、その相手は全部で四人だった。少なくとも定期的に彼女が性的な関係を持った相手が四人いたということだ。妻はもちろんそんなことはおくびにも出さなかったが、彼女がほかの男にほかの場所で抱かれていることは、彼にはすぐにわかった。家福はそういう勘がもともといい方だったし、相手を真剣に愛していればそれくらいの気配はいやでも感じ取れる。相手が誰なのかも、彼女の話の口調から簡単にわかった。彼女が寝る相手は決まって映画で共演する俳優だった。それも年下の場合が多かった。映画の撮影が続いている何ヶ月かのあいだ関係が続き、撮影が終わるとだいたいそれにあわせて自然に消滅するようだった。同じことが同じパターンで四度繰り返された。

どうして彼女が他の男たちと寝なくてはならないのか、家福にはよく理解できなかった。そして今でも理解できていない。二人は結婚して以来、夫婦としてまた生活のパートナーとして、良好な関係を常に保っていたからだ。暇があればいろんなことを熱心に正直に語り合ったし、お互いを信頼しようと努めてきた。自分たちは精神的にも性的にも相性が良いと、彼は思っていた。周りの人々も彼らを仲の良い理想的なカップルとして見ていた。

それなのになぜ他の男たちと寝たりしたのか、その理由を妻が生きているうちに思い切って聞いておけばよかった。彼はよくそう考える。実際にその質問をもう少しで口にしかけたこともあった。君はいったい彼らに何を求めていたんだ？　僕にいったい何が足りなかったんだ？　彼女が亡くなる数ヶ月前のことだ。しかし激しい苦痛に苛《さいな》まれながら死と闘っている妻に向かって、そんなことはやはり口にできなかった。そして彼女は何ひとつ説明しないまま、家福の住む世界から消えていった。なされなかった質問と、与えられなかった回答。彼は火葬場で妻の骨を拾いながら、無言のうちに深くそのことを考えていた。誰かが耳元で語りかける声も聞こえないくらい深く。

妻が他の男の腕に抱かれている様子を想像するのは、家福にとってもちろんつらいことだった。つらくないわけはない。目を閉じるとあれこれと具体的なイメージが頭に浮かんでは消えた。そんなことを想像したくはなかったが、想像しないわけにいかなかった。想像は鋭利な刃物のように、時間をかけて容赦なく彼を切り刻んだ。何も知らないでいられたらどんなによかっただろうと思うこともあった。しかしどのような場合にあっても、知は無知に勝るというのが彼の基本的な考え方であり、生きる姿勢だった。たとえどんな激しい苦痛がもたらされるにせよ、おれはそれを知らなくてはならない。知ることによってのみ、人は強くなることができるのだから。

しかし想像することにも増して苦しいのは、妻の抱えている秘密を知りつつ、自分がそれを知っていることを相手に悟られないように、普通に生活を送ることだった。胸を激しく引き裂かれ、内側に目に見えない血を流しながら、顔にいつも穏やかな微笑みを浮かべていること。何ごともなかったように日常的な雑事をこなし、何気ない会話を交わし、ベッドの中で妻を抱くこと。おそらく普通の生身の人間にできることではない。でも家福はプロの俳優だった。生身を離れ、演技をまっとうするのが彼の生業《なりわい》だ。そして彼は精いっぱい演技をした。観客のいない演技を。

しかしそれさえ別にすれば——彼女が時折ほかの男に隠れて抱かれているという事実

を除外すれば——二人はほぼ満ち足りた、波乱のない結婚生活を送っていた。どちらも仕事の面では順調だったし、経済的にも安定していた。二十年近くの結婚生活を通して、彼らは数え切れないほど多くのセックスをしたが、少なくとも家福の観点からすれば、それは満足のいくものだった。妻が子宮癌を患って、あっという間に亡くなったあと、彼は何人かの女性たちとめぐり逢い、その流れの中でベッドを共にした。しかし妻との交わりで感じたような親密な喜びを、彼はそこに見いだすことはできなかった。あるのは、以前に経験したものごとをもう一度なぞっているような、マイルドな既視感だけだった。

彼の所属する事務所が、給与支払いのための正式の書式を必要としていたので、みさきに現住所と本籍地と生年月日と運転免許証番号を書いてもらった。彼女は北区赤羽のアパートに住んでおり、本籍地は北海道＊＊郡上十二滝町《かみじゅうにたき》、二十四歳になったばかりだった。上十二滝町というのが北海道のどのへんにあるのか、どれほどの大きさの町なのか、そこにどんな人々が住んでいるのか、家福には見当もつかない。しかし二十四歳というところが胸にひっかかった。

家福には三日だけ生きた子供がいた。女の子だったが、三日目の夜中に病院の新生児室で死んだ。前触れもなく突然、心臓が動きを止めてしまったのだ。夜が明けたとき、赤ん坊は既に死亡していた。心臓の弁に生まれつき問題があったというのが病院側の説明だった。しかしそんなことはこちらで確かめようもない。また本当の原因がわかったところで、それで子供が生き返るわけでもない。幸か不幸か、名前はまだ決めていなかった。その子が生きていればちょうど二十四歳になる。その名前のない子の誕生日に、家福はいつも一人で手を合わせた。そして生きていればなっていたはずの年齢を思った。

子供をそんな風に唐突に失ったことで、二人はもちろん深く傷ついた。そこに生じた空白は重く、暗かった。気持ちを立て直すまでに長い期間が必要だった。二人は家の中にこもり、多くの時間をほとんど無言のうちに送った。口を開けば、何かつまらないことを言ってしまいそうだったからだ。彼女はワインをよく飲むようになった。彼はしばらくのあいだ、異様なほど熱心に書道に凝っていた。真っ白な紙の上に黒々と筆を走らせ、様々な漢字を書いていると、自分の心の仕組みが透けて見えてくるような気がした。

しかしお互いを支え合うことで、二人は少しずつ傷の痛みから回復し、その危うい時期を乗り切ることができた。そして以前より深く、それぞれの仕事に集中するようになった。彼らは貪欲なまでに、自分たちが与えられた役柄の役作りにのめり込んだ。「悪いけれどもう子供は作りたくないの」と彼女は言って、彼もそれに同意した。わかった、もう子供は作らないようにしよう。君がいいと思うようにすればいい。

思い起こしてみれば、妻がほかの男と性的関係を持つようになったのは、そのあとからだった。あるいは子供を失ったことが、彼女の中にそういう欲求を目覚めさせたのかもしれない。しかしそれはあくまで彼の憶測に過ぎない。かもしれないというだけのことだ。

「ひとつ質問していいですか?」とみさきが言った。

考え事をしながらぼんやりまわりの風景を眺めていた家福は、驚いて彼女の顔を見た。二ヶ月ほど一緒に長く車に乗っていて、みさきが自分の方から口をきくことはきわめて希《まれ》だったからだ。

「もちろん」と家福は言った。

「家福さんはどうして俳優になったんですか?」

「大学生の時、女友だちに誘われて学生劇団に入った。演劇にもともと興味があったわけじゃない。本当は野球部に入りたかったんだ。高校時代にはレギュラーのショートストップで、守備には自信があった。でも入った大学の野球部は、僕にはいささかレベルが高すぎた。だからまあちょっと試しにやってみようというくらいの軽い気持ちで、劇団に入ったんだ。その女友だちと一緒にいたいということもあったしね。でもしばらくやっているうちに、自分が演技を楽しんでいることがだんだんわかってきた。演技をしていると、自分以外のものになることができる。そしてそれが終わると、また自分自身に戻れる。それが嬉しかった」

「自分以外のものになれると嬉しいですか？」

「また元に戻れるとわかっていればね」

「元に戻りたくないと思ったことってないですか？」

家福はそれについて考えた。そんな質問をされたのは初めてだ。道路は渋滞していた。彼らは首都高速道路で竹橋の出口に向かっているところだった。

「だって他に戻るところもないだろう」と家福は言った。

みさきはそれについて意見を述べなかった。

しばらく沈黙が続いた。家福はかぶっていた野球帽を取り、その形を点検し、またかぶり直した。数え切れないほどのタイヤをつけた大型トレーラーの隣では、黄色いサーブ・コンバーティブルはいかにもはかないものに見えた。まるでタンカーの隣に浮かんだ観光用小型ボートのようだ。

「余計なことかもしれませんが」とみさきは少しあとで言った。「気になるので、訊いていいですか？」

「いいよ」と家福は言った。

「家福さんはどうして友だちとかつくらないんですか？」

家福はみさきの横顔に好奇の目を向けた。「僕に友だちがいないって、どうして君にわかるんだ？」

みさきは小さく肩をすぼめた。「二ヶ月近く毎日送り迎えしてれば、それくらいはわかります」

家福はトレーラーの巨大なタイヤを興味深そうにしばらく眺めていた。それから言った。「そういえば、昔から友だちと呼べるような相手はあまりいなかったな」

「子供の頃からそうだったんですか？」

「いや、子供の頃にはもちろん仲の良い友だちはいたよ。一緒に野球をしたり、泳ぎに行ったり。でも大人になってからは、友だちがほしいとはあまり思わなくなった。とくに結婚してからは」

「奥さんがいたから、友だちはそれほど必要なくなったということですか？」

「そうかもしれない。僕らは良い友だちでもあったから」

「いくつのときに結婚されたんですか？」

「三十歳のときだよ。同じ映画に出ていて、それで知り合った。そのとき彼女は準主役で、僕は端役《はやく》だったけど」

車は渋滞の中を少しずつ前に進んでいた。首都高速に入るときにはいつもそうするように、屋根は閉じられている。

「君は酒はいっさい飲まないのか？」、家福は話題を変えるためにそう尋ねた。

「体質的にアルコールを受け入れないみたいです」とみさきは言った。「母親がお酒でよく問題を起こしていた人で、そのことも関係しているのかもしれません」

「お母さんは今でも問題を起こしているの？」

みさきは何度か首を振った。「母は亡くなりました。酔っぱらって運転していて、ハンドル操作を誤り、スピンして道路から飛び出し、木にぶつかったんです。ほとんど即死でした。私が十七のときのことです」

「気の毒に」と家福は言った。

「自業自得です」とみさきはあっさりと言った。「いつかそういうことは必ず起こっていたでしょう。早いか遅いか、それだけの違いです」

しばらく沈黙があった。

「お父さんは？」

「どこにいるかも知りません。私が八歳のときに家を出て、それから一度も会っていません。連絡もありません。そのことで母はずっと私を責めていました」

「どうして？」

「私は一人っ子だったんです。私がもっと可愛いきれいな女の子だったら、父は家を出ていかなかったはずだ。母はいつもそう言っていました。私が生まれつき醜いから、捨てていったんだって」

「君は醜くなんかない」と家福は静かな声で言った。「お母さんはそう思いたかっただけだよ」

みさきはまた肩を少しすぼめた。「普段はそうでもないんですが、お酒が入ると、母は話がくどくなりました。同じことを何度も何度も繰り返して。こちらとしては傷つきます。悪いけど、死んだときには正直ほっとしたくらいです」

そのあとの沈黙は前の時より長く続いた。

「君には友だちはいる？」と家福は尋ねた。

みさきは首を振った。「友だちはいません」

「どうして？」

彼女はそれには答えなかった。眼を細め、ただじっと前方を見ていた。

家福は目を閉じて少し眠ろうとしたが、うまく眠れなかった。ストップと発進が細かく繰り返され、彼女はそのたびに丹念にシフトチェンジをした。隣の車線のトレーラーが大きな宿命の影のように、サーブの前になったり後ろになったりした。

「僕が最後に友だちを作ったのは十年近く前のことになる」と家福はあきらめて目を開けて言った。「友だちらしきもの、と言った方が正確かもしれないな。相手は僕より六つか七つ年下で、なかなかいいやつでもあった。酒を飲むのが好きで、僕もそれにつきあって、飲みながらいろんな話をした」

みさきは小さく肯いて、話の続きを待った。家福は少し迷ったが、思い切ってそれを口にした。

「実を言うと、その男はしばらくのあいだ僕の奥さんと寝ていた。こちらがそれを知っていることを相手は知らなかった」

みさきは話の内容を呑み込むのに少し手間取った。「つまり、その人は家福さんの奥さんとセックスをしていたということですか？」

「そうだよ。三ヶ月か四ヶ月くらいのあいだ、彼はうちの奥さんと何度かセックスをしていたと思う」

「どうやってそれが家福さんにわかったんですか？」

「彼女はもちろん隠していたけど、僕にはただそれがわかった。説明すると長い話になる。でも間違いはない。僕の思い過ごしなんかじゃない」

みさきは車が停止しているあいだ、両手でバックミラーを修正した。「奥さんとその人が寝ていることは、家福さんがその人と友だちになる妨げにはならなかったんですか？」

「むしろその逆だ」と家福は言った。「僕がその男と友だちになったのは、うちの奥さんがその男と寝ていたからだ」

みさきは口を閉ざしていた。説明を待っているのだ。

「どう言えばいいのかな……僕は理解したかったんだよ。どうしてうちの奥さんがその男と寝ることになったのか、なぜその男と寝なくてはならなかったのか。少なくともそれが最初の動機だった」

みさきは大きく呼吸した。胸がジャケットの下でゆっくり盛り上がり、そして沈んだ。

「そういうのって気持ちとしてつらくはなかったんですか？　奥さんと寝ていたってわかっている人と一緒にお酒を飲んだり、話をしたりすることが」

「つらくないわけないさ」と家福は言った。「考えたくないこともつい考えてしまう。思い出したくないことも思い出してしまう。でも僕は演技をした。つまりそれが僕の仕事だから」

「別の人格になる」とみさきは言った。

「そのとおり」

「そしてまた元の人格に戻る」

「そのとおり」と家福は言った。「いやでも元に戻る。でも戻ってきたときは、前とは少しだけ立ち位置が違っている。それがルールなんだ。完全に前と同じということはあり得ない」

細かい雨が降り始め、みさきは何度かワイパーを動かした。「それで家福さんには理解できたんですか。どうして奥さんがその人と寝たのか？」

家福は首を振った。「いや、理解はできなかったな。彼が持ち合わせていて、僕が持ち合わせていないものは、いくつかあったと思う。というかたぶん、たくさんあったんだろうと思う。でもそのうちのどれが彼女の気持ちを捉えたのか、そこまではわからない。僕らはそんな細かいピンポイントのレベルで行動しているわけじゃないから。人と人とが関わり合うというのは、とくに男と女が関わり合うというのは、なんていうか、もっと全体的な問題なんだ。もっと曖昧《あいまい》で、もっと身勝手で、もっと切ないことだ」

みさきはしばらくそのことについて考えていた。それから言った。「でも、理解はできなくても、その人と友だちではあり続けたんですね？」

家福はもう一度野球帽を取り、今度はそれを膝の上に載せた。そして手のひらで頭部をごしごしと撫でた。「どう言えばいいんだろうな。いったん真剣に演技を始めると、やめるきっかけを見つけるのがむずかしくなる。それがどれほど精神的にきついことであっても、その演技の意味がしかるべき形をとらないうちは、流れを止めることはできないんだ。音楽が、ある決まった和音に到達しないことには、正しい結末を迎えられないのと同じように……。僕の言ってることはわかる？」

みさきはマールボロを一本箱から取り出して口にくわえたが、火はつけなかった。車の屋根が閉じているときには彼女は決して煙草を吸わない。ただ口にくわえるだけだ。

「そのあいだも、その人と家福さんの奥さんは寝ていたのですか？」

「いや、寝ていなかった」と家福は言った。「そこまでやると、なんというか……あまりに技巧的になり過ぎる。僕が彼と友だちになったのは、うちの奥さんが亡くなって少ししてからだ」

「彼とは本当の友だちになったのですか？　それともあくまで演技だったんですか？」

家福はそれについて考えた。「両方だよ。その境目は僕自身にもだんだんわからなくなっていった。真剣に演技をするというのは、つまりそういうことだから」


家福はその男に、初対面のときから好意のようなものを抱くことができた。高槻《たかつき》という名前で、長身で顔立ちの良い、いわゆる二枚目の俳優だった。四十代の初め、とくに演技がうまいわけではない。存在に味があるというのでもない。役柄も限られている。だいたいは感じの良い爽やかな中年男性の役だ。いつもにこやかだが、時折横顔に憂愁を滲《にじ》ませる。年配の女性に根強い人気がある。家福はたまたまテレビ局の待合室で彼と顔を合わせた。妻が亡くなって半年後のことで、高槻は彼のところにやってきて自己紹介をし、悔やみを言った。奥様とは一度だけですが、映画でご一緒したことがあります。そのときにいろいろお世話になりました、と高槻は神妙な顔で言った。家福は礼を言った。時系列的に言えば、彼の知る限りでは、高槻は妻が性的な関係を持った男たちのリストの末尾に位置していた。彼との関係が終わった少しあと、彼女は病院で検査を受け、既にかなり進行した子宮癌が発見された。

「ひとつ勝手なお願いがあります」と家福は挨拶がひととおり終わったあとで切り出した。

「どんなことでしょう？」

「もしよければ、高槻さんの時間を少しいただけませんか。お酒でも飲みながら、家内の思い出話なんかをできればと思うんです。家内はよくあなたのことを話していました」

急にそう言われて、高槻は驚いたようだった。ショックを受けたと言った方が近いかもしれない。彼は端正な形の眉を軽く寄せ、用心深く家福の顔をうかがった。何か話の裏があるんじゃないか、というように。しかしそこに特別な意図は何も読み取れなかった。家福は長く連れ添った妻を亡くしたばかりの男がいかにも浮かべそうな静かな表情を浮かべていた。波紋が広がり終わったあとの池の水面のような表情だ。

「私としては誰か、妻のことが話せる話し相手がほしいだけなんです」と家福は言い添えた。「うちに一人でじっとしていると、正直言って時々きつくなります。高槻さんにはきっとご迷惑だとは思いますが」

それを聞いて高槻はいくらかほっとしたようだった。どうやら関係を疑われているわけではなさそうだ。

「いや、迷惑なんかじゃありません。そういう時間なら喜んで作りましょう。僕みたいなつまらない話し相手でよろしければ」。そう言って、彼は軽い微笑みを口元に浮かべた。目尻に優しげなしわが寄った。なかなかチャーミングな微笑みだ。もし自分が中年の女性であれば、きっと頬を赤らめるところだろうと家福は思った。

高槻は頭の中で素速くスケジュール表を繰った。「明日の夜ならゆっくりお目にかかれると思いますが、家福さんのご予定はいかがですか？」

明日の夜なら自分も空いていると家福は言った。それにしてもずいぶん感情の読み取りやすい男だ、と家福は感心した。両目をまっすぐのぞき込んだら、向こう側まで透けて見えてしまいそうだ。屈折したところも、意地の悪そうなところもない。夜中に深い落とし穴を掘って、誰かが通りかかるのを待つようなタイプではない。俳優としてはおそらくそれほど大成しないだろうが。

「場所はどこが良いでしょう？」と高槻は尋ねた。

「場所はまかせます。どこでも指定してもらえれば、そちらにうかがいます」と家福は言った。

高槻は銀座の有名なバーの名前をあげた。そこのボックス席を予約しておけば、誰かに話を聞かれることなく、心おきなく会話をすることができる、と彼は言った。家福はその店の場所を知っていた。そして二人は握手をして別れた。高槻の手は柔らかく、指はほっそりとして長かった。手のひらは温かく、僅かに汗で湿っているようだった。緊張のせいかもしれない。

彼が立ち去ったあと、家福は待合室の椅子に腰を下ろし、握手をした手のひらを広げ、しげしげと見つめた。そこには高槻の手の感触が生々しく残っていた。あの手が、あの指が妻の裸の身体を撫でたのだ、と家福は思った。時間をかけて、隅から隅まで。それから彼は目を閉じ、深く長く息をついた。いったい自分はこれから何をしようとしているんだろう、と思った。しかしいずれにせよ、彼はそれをしないわけにはいかなかった。

バーの静かなボックス席で、モルト・ウィスキーのグラスを傾けながら、家福にひとつ理解できたことがあった。それは高槻が今でも自分の妻に心を強く惹かれているらしいということだった。彼女が死んだことは、その肉体が焼かれて骨と灰だけになってしまったという事実は、高槻にはまだうまく呑み込めていないようだった。その気持ちは家福にも理解できた。妻の思い出話をしながら、高槻は時折うっすらと目に涙を浮かべそうになった。見ていて、思わず腕を差し伸べてやりたくなったくらいだ。この男は自分の気持ちがうまく隠せないのだ。少しかまをかけたらすぐにすべてを告白してしまいそうだ。

高槻の口ぶりからすると、二人の関係を打ち切ることを通告したのは妻の方であるらしかった。おそらく「もう私たちは会わない方がいいと思う」と彼女は高槻に告げたのだろう。そして実際に会おうとしなかった。何ヶ月か関係を続け、それをどこかの時点できっぱり終わらせてしまう。ずるずるとあとはひかない。家福の知る限りでは、それが彼女の情事（と呼んでいいのだろうか）のパターンだった。しかし高槻の方には、そんなにあっさりと彼女と別れる覚悟はできていなかったようだ。彼は彼女とのあいだにもっと恒久的な関係を求めていたのだろう。

癌が末期になって都内の病院のホスピスに入ったあと、高槻は見舞いに来たいと連絡をしてきたが、それもきっぱりと拒絶された。妻は入院してからは、ほとんど誰とも顔を合わせなかった。医療関係者以外で彼女の病室に入ることを許されていたのは彼女の母親と妹と、そして家福の三人だけだった。高槻には、一度も彼女の見舞いに来られなかったことが心残りになっているようだった。妻が癌を患っていることを高槻が知ったのは、彼女が亡くなる数週間前のことだった。それは彼にとってまさに寝耳に水の知らせだったし、今でもまだうまく受け入れられていない事実だった。その気持ちは家福にも理解できる。しかしもちろん、彼らの抱いている感情がまったく同じというわけではない。家福はやつれ果てた妻の最期の姿を日々目にしていたし、火葬場で彼女の真っ白な骨を拾いもした。それなりの受容の段階を通過してきている。それはずいぶん大きな違いになる。

まるでおれの方がこの男を慰めているみたいだな、二人で思い出話を交換しながら家福はそう思った。もし妻がこんな光景を目撃したら、いったいどう感じるのだろう？　そう思うと家福は不思議な気持ちになった。しかしおそらく死んだ人間はもう何も考えないし、何も感じない。それは、家福の観点からすればということだが、死ぬことの優れた点のひとつだった。

もうひとつ判明したことがある。それは高槻に酒を飲み過ぎる傾向があることだった。家福は職業柄、数多くの酒飲みを目にしていたが（どうして俳優たちはこれほど熱心に酒を飲むのだろう）、高槻はどう見ても健全な、健康的な部類に属する酒飲みとは言えなかった。家福に言わせれば、世の中には大きく分けて二種類の酒飲みがいる。ひとつは自分に何かをつけ加えるために酒を飲まなくてはならない人々であり、もうひとつは自分から何かを取り去るために酒を飲まなくてはならない人々だ。そして高槻の飲み方は明らかに後者だった。

彼が何を取り去りたいのか、家福にはわからない。ただの性格の弱さかもしれないし、過去に受けた心の傷かもしれない。あるいは今現実に抱え込んでいる面倒な問題かもしれない。そういうすべての混合物かもしれない。しかし何であるにせよ、彼の中にはそういう「できれば忘れてしまいたい何か」があり、それを忘れるために、あるいはそれが生み出す痛みを和《やわ》らげるために、酒を口にせずにはいられないのだ。家福が一杯飲むあいだに、高槻は同じものを二杯半飲んだ。かなりのハイペースだ。あるいは飲むペースが速いのは、精神的緊張のためかもしれない。なにしろ自分がかつて隠れて寝ていた女の亭主と、二人で差し向かいで酒を飲んでいるのだ。緊張しない方がおかしい。しかしそれだけではあるまいと家福は思った。もともとそういう酒の飲み方しかできない男なのだろう。

相手の様子をうかがいながら、家福は自分のペースを守って慎重に酒を飲んだ。グラスを重ね、相手の緊張が少しほぐれたところで、彼は高槻に結婚はしているのかと尋ねた。結婚して十年になり、七歳の男の子がいると相手は答えた。しかし事情があって去年から別居している。おそらく近々離婚することになるだろうが、そのときは子供の親権が大きな問題になるはずだ。子供に自由に会えなくなることだけはなんとしても回避したい。自分にとってなくてはならない存在だから。彼は子供の写真を見せてくれた。顔立ちの良いおとなしそうな男の子だった。

高槻は常習的な酒飲みのおおかたがそうであるように、アルコールが入ると口が軽くなった。おそらくはしゃべるべきでないことも、訊きもしないのに、自分から進んでしゃべった。家福はおおむね聞き役にまわり、温かく相づちを打ち、慰めるべきことがあれば言葉を選んで慰めた。そしてできるだけ多くの、彼に関する情報を集めた。家福は自分がいかにも高槻に好意を持っているように振る舞った。それは決して難しいことではなかった。彼は生来聞き上手だったし、また実際に高槻に対して好意を持っていたからだ。それに加えて、二人にはひとつの大きな共通点があった。死んでしまった一人の美しい女に、いまだに心を惹かれ続けている。二人とも立場こそ違え、同じようにその欠損を埋めることができずにいた。だから何かと話は合う。

「高槻さん、よかったらまたどこかで会いませんか？　あなたとお話しできてよかった。こんな気持ちになれたのは久しぶりです」と家福は別れ際に言った。バーの勘定は家福が前もって払っておいた。いずれにせよ、誰かがそこの勘定を払わなくてはならないという考えは、高槻の頭には浮かびもしないようだった。アルコールは彼にいろんなことを忘れさせてしまう。おそらくはいくつかの大事なことを。

「もちろんです」と高槻はグラスから顔を上げて言った。「是非またお会いできればと思います。家福さんとお話しして、僕も胸のつかえがいくらか取れたような気がします」

「こうしてあなたとお目にかかれたのも何かの縁でしょう」と家福は言った。「亡くなった妻が引き合わせてくれたのかもしれない」

それはある意味では真実だった。

二人は携帯電話の番号を交換した。そして握手をして別れた。

そのようにして二人は友だちになった。気の合う酒飲み仲間というところだ。二人は連絡を取り合って顔を合わせ、都内のあちこちのバーで酒を飲み、あてもなく話をした。食事を共にしたことは一度もない。行き先は常に酒場だった。軽いつまみ以外のものを高槻が口にするところを、家福は目にしたことがない。ひょっとしてこの男は食事というものをほとんどとらないのかもしれないと思ったほどだった。そしてたまにビールを飲むのを別にすれば、ウィスキー以外の酒を注文したこともない。シングル・モルトが彼の好みだった。

語り合う話の内容は様々だったが、途中からいつも決まって家福の死んだ妻の話になった。家福がまだ若い頃の彼女のエピソードを話すと、高槻は真剣な顔つきでそれに耳を傾けた。まるで他人の記憶の蒐集《しゅうしゅう》管理をしている人のように。気がつくと、家福自身もそんな会話を楽しんでいた。

その夜は青山の小さなバーで二人は飲んでいた。根津美術館の裏手の路地の奥にある目立たない店だった。四十歳前後の無口な男がいつもバーテンダーとして働き、隅の飾り棚の上では灰色のやせた猫が丸くなって眠っていた。この店に居着いている近所の野良猫のようだった。古いジャズのレコードがターンテーブルの上で回っていた。二人はその店の雰囲気が気に入って、前にも何度か訪れていた。二人が待ち合わせるとき、なぜか雨が降っていることが多かったが、その日もやはり細かい雨が降っていた。

「本当に素敵な女性でした」と高槻はテーブルの上に置いた両手を見ながら言った。中年期を迎えた男にしては美しい手だ。目だった皺もなく、爪の手入れも怠りない。「あういう人と一緒になれて、生活を共にできて、家福さんはきっと幸福だったんでしょうね」

「そうだね」と家福は言った。「あなたの言うとおりだ。たぶん幸福だったのだと思う。でも幸福であるぶん、それだけ気持ちがつらくなることもあった」

「たとえばどんなことですか？」

家福はオン・ザ・ロックのグラスを持ち上げ、大きな氷をぐるりと回した。「彼女をいつか失ってしまうかもしれない。そのことを想像すると、それだけで胸が痛んだ」

「僕にもその気持ちはよくわかります」と高槻は言った。

「どんな風に？」

「つまり……」と高槻は言って、正しい言葉を探した。「彼女のような素敵な人を失うことについてです」

「一般論として？」

「そうですね」と高槻は言った。そして自分自身を納得させるように何度か肯いた。「あくまで想像するしかないことですが」

家福はしばらく沈黙を守っていた。できるだけ長く、ぎりぎりまでそれを引き延ばした。それから言った。

「でも結局のところ、僕は彼女を失ってしまった。生きているうちから少しずつ失い続け、最終的にすべてなくしてしまった。浸食によってなくし続けたものを、最後に大波に根こそぎ持って行かれるみたいに……。僕の言ってる意味はわかるかな？」

「わかると思います」

いや、おまえにはそんなことはわからないよ、と家福は心の中で思った。

「僕にとって何よりつらいのは」と家福は言った。「僕が彼女を——少なくともそのおそらくは大事な一部を——本当には理解できていなかったということなんだ。そして彼女が死んでしまった今、おそらくそれは永遠に理解されないままに終わってしまうだろう。深い海の底に沈められた小さな堅い金庫みたいに。そのことを思うと胸が締めつけられる」

高槻はそれについてしばし考えていた。そして口を開いた。

「しかし、家福さん、誰かのことをすべて理解するなんてことが、僕らに果たしてできるんでしょうか？　たとえその人を深く愛しているにせよ」

家福は言った。「僕らは二十年近く生活を共にしていたし、親密な夫婦であると同時に、信頼しあえる友だちであると思っていた。お互い何もかも正直に語り合っていると。少なくとも僕はそう思っていた。でも本当はそうじゃなかったのかもしれない。何と言えばいいんだろう……僕には致命的な盲点のようなものがあったのかもしれない」

「盲点」と高槻は言った。

「僕は彼女の中にある、何か大事なものを見落としていたのかもしれない。いや、目で見てはいても、実際にはそれが見えていなかったのかもしれない」

高槻はしばらく唇を嚙んでいた。それから残っていた酒を飲み干し、バーテンダーにお代わりを頼んだ。

「その気持ちはわかります」と高槻は言った。

家福はじっと高槻の目を見た。高槻はしばらくその視線を受けていたが、やがて目を逸《そ》らせた。

「わかるって、どんな風に？」と家福は静かに尋ねた。

バーテンダーがオン・ザ・ロックのお代わりをもってやって来て、湿って膨んだ紙のコースターを新しいものに取り替えた。そのあいだ二人は沈黙を守っていた。

「わかるって、どんな風に？」、バーテンダーが去ると、家福は再度尋ねた。

高槻は思いを巡らせていた。彼の目の中で何かが小さく揺れた。この男は迷っているのだ、家福はそう推測した。ここで何かを打ち明けてしまいたいという気持ちと激しく争っているのだ。しかし結局、彼はその揺れを自分の内でなんとか鎮《しず》めた。そして言った。

「女の人が何を考えているか、僕らにそっくりわかるなんてことはまずないんじゃないでしょうか。僕が言いたいのはそういうことです。相手がたとえどんな女性であってもです。だからそれは家福さん固有の盲点であるとか、そういうんじゃないような気がします。もしそれが盲点だとしたら、僕らはみんな同じような盲点を抱えて生きているんです。だからあまりそんな風に自分を責めない方がいいように思います」

家福は彼の言ったことについてしばらく考えた。そして言った。「でもそれはあくまで一般論だ」

「そのとおりです」と高槻は認めた。

「僕は今、死んだ妻と僕との話をしているんだ。それほど簡単に一般論にしてもらいたくないな」

かなり長いあいだ高槻は黙っていた。それから言った。

「僕の知る限り、家福さんの奥さんは本当に素敵な女性でした。もちろん僕が知っていることなんて、家福さんが彼女について知っていることの百分の一にも及ばないと思いますが、それでも僕は確信をもってそう思います。そんな素敵な人と二十年も一緒に暮らせたことを、家福さんは何はともあれ感謝しなくちゃいけない。僕は心からそう考えます。でもどれだけ理解し合っているはずの相手であれ、どれだけ愛している相手であれ、他人の心をそっくり覗き込むなんて、それはできない相談です。そんなことを求めても、自分がつらくなるだけです。しかしそれが自分自身の心であれば、努力さえすれば、努力しただけしっかり覗き込むことはできるはずです。ですから結局のところ僕らがやらなくちゃならないのは、自分の心と上手に正直に折り合いをつけていくことじゃないでしょうか。本当に他人を見たいと望むのなら、自分自身を深くまっすぐ見つめるしかないんです。僕はそう思います」

高槻という人間の中にあるどこか深い特別な場所から、それらの言葉は浮かび出てきたようだった。ほんの僅かなあいだかもしれないが、その隠された扉が開いたのだ。彼の言葉は曇りのない、心からのものとして響いた。少なくともそれが演技でないことは明らかだった。それほどの演技ができる男ではない。家福は何も言わず、相手の目を覗き込んだ。高槻も今度は目を逸らさなかった。二人は長いあいだ相手の目をまっすぐ見つめていた。そしてお互いの瞳の中に、遠く離れた恒星のような輝きを認めあった。

別れ際にまた二人は握手をした。外に出ると弱い雨が降っていた。ベージュのレインコートを着た高槻が傘もささず、その雨の中に歩いて消えてしまったあと、家福はいつものように自分の右の手のひらをしばらく見つめた。そしてあの手が妻の裸の身体を撫でたのだと思った。

しかしそう思っても、その日はなぜか息苦しい気持ちにはならなかった。そういうこともあるのだろう、と思っただけだった。たぶんそういうこともあるのだろう。だってそれはただの肉体じゃないか、と家福は自分に言い聞かせた。やがては小さな骨と灰になってしまうだけのものじゃないか。もっと大切なものがきっと他にあるはずだ。

もしそれが盲点だとしたら、僕らはみんな同じような盲点を抱えて生きているんです。その言葉が家福の耳に長いあいだ残っていた。

「その人とは長く友だちとしてつきあったのですか？」とみさきは前方の車の連なりを見つめながら尋ねた。

「かれこれ半年近く友だちづきあいをして、月に二度くらいどこかの酒場で待ちあわせ、一緒に酒を飲んだ」と家福は言った。「それからまったく会わなくなった。誘いの電話がかかってきても、無視した。こちらからは連絡をしなかった。そのうちに電話もかかってこなくなった」

「向こうは不思議に思っているでしょうね」

「たぶん」

「傷ついたかもしれない」

「そうかもしれない」

「どうして急に会わなくなったんですか？」

「演技をする必要がなくなったからだよ」

「演技をする必要がなくなったから、友だちでいる必要もなくなったということですか？」

「それもある」と家福は言った。「でも別のこともある」

「どんなことですか？」

家福は長いあいだ黙っていた。みさきは火のついていない煙草をくわえたまま、家福の顔をちらりと見た。

「吸いたければ、煙草を吸ってもいいよ」と家福は言った。

「はあ？」

「それに火をつけてもいい」

「屋根は閉まっていますが」

「かまわない」

みさきは窓ガラスを下ろし、車のライターでマールボロに火をつけた。そして煙を大きく吸い込み、うまそうに目を細めた。しばらく肺に留めてから、窓の外にゆっくりと吐き出した。

「命取りになるぞ」と家福は言った。

「そんなことを言えば、生きていること自体が命取りです」とみさきは言った。

家福は笑った。「ひとつの考え方ではある」

「家福さんが笑ったのを初めて見ました」とみさきは言った。

そう言われればそうかもしれないと家福は思った。演技ではなく笑ったのはずいぶん久しぶりかもしれない。

「前から言おうと思っていたんだが」と彼は言った。「よく見ると君はなかなか可愛い。ちっとも醜くなんかない」

「ありがとうございます。私も醜いとは思いません。ただあまり器量がよくないだけです。ソーニャと同じように」

家福は少し驚いてみさきを見た。「『ヴァーニャ伯父』を読んだんだね」

「毎日台詞を細切れに、順序もでたらめに聞かされているうちに、どんな話なのか知りたくなったんです。私にも好奇心はあります」とみさきは言った。「『ああ、いやだ。たまらない。どうして私はこうも不器量に生まれついたんだろう？　つくづくいやになってしまう』。悲しい芝居ですね」

「救いのない話だ」と家福は言った。「『ああ、やりきれない。どうにかしてくれ。私はもう四十七になる。六十で死ぬとして、これからあと十三年生きなくちゃならない。長過ぎる。その十三年をいったいどうやって過ごしていけばいいんだ？　どんなことをして毎日を埋めていけばいいんだ？』。当時の人たちはだいたい六十で死んでいた。ヴァーニャ伯父さんは今の時代に生まれなくてまだよかったのかもしれない」

「調べてみたんですが、家福さんとうちの父は同じ年の生まれでした」

家福はそれには返事をしなかった。黙ってカセットテープを何本か手に取り、ラベルに書かれた曲目を調べた。しかし音楽はかけなかった。みさきは左手に火のついた煙草を持ち、その手を窓の外に出していた。車列がそろそろと前に進み、シフトチェンジをするときだけ、両手を使えるようにするために、唇に短く煙草をくわえた。

「実を言うと、その男をなんとか懲らしめてやろうと考えていたんだ」と家福は打ち明けるように言った。「僕の奥さんと寝ていたその男を」。そしてカセットテープをもとあった場所に戻した。

「懲らしめる？」

「何かひどい目にあわせてやろうと思っていた。友だちのふりをして安心させ、そのうちに致命的な弱点のようなものを見つけ、それをうまく使って痛めつけてやるつもりだった」

みさきは眉を寄せ、その意味を考えていた。「弱点って、たとえばどんなことを？」

「そこまではわからない。しかし酒が入るとわきが甘くなる男だから、そのうちにきっと何か見つけられたはずだ。それを手がかりにして、スキャンダルを――社会的信用を失墜させるような問題を起こさせるのは、そんなにむずかしいことじゃない。もしそうなれば、離婚の調停で子供の親権はまずとれなくなるだろうし、それは彼には耐え難いことだ。おそらく立ち直れないだろう」

「暗いですね」

「ああ、暗い話だよ」

「その人が家福さんの奥さんと寝ていたから、仕返しをするということ？」

「仕返しというのとは少し違う」と家福は言った。「でも僕はどうしてもそのことが忘れられなかった。忘れてしまおうとずいぶん努力はした。でも駄目だった。うちの奥さんがほかの男の腕に抱かれている情景が頭を離れなかった。いつもそれが蘇《よみがえ》ってくるんだ。まるで行き場のない魂が天井の隅っこにずっと張りついて、こちらを見守っているみたいに。妻が死んで時間が経てば、そんなものはやがて消えてなくなるだろうと思っていた。でも消えなかった。むしろ前よりもっと気配が強くなったくらいだ。僕としてはそれをどこかにやってしまう必要があった。そのためには、自分の中にある怒りのようなものを解消しなくてはならなかった」

北海道上十二滝町からやってきた自分の娘くらいの年の女を相手に、どうしてこんな話をしているのだろうと家福は思った。しかしいったん語り始めたことを、彼は止められなくなっていた。

「だからその人を懲らしめようと思った」と娘は言った。

「そう」

「でも実際には何もしなかったんですね？」

「ああ、しなかったよ」と家福は言った。

みさきはそれを聞いて少し安心したようだった。小さく短く息をつき、火のついた煙草をそのまま窓の外に弾《はじ》いて捨てた。たぶん上十二滝町ではみんなが普通にやっていることなのだろう。

「うまく説明できないんだけど、あるとき急にいろんなことがどうでもよくなってしまったんだ。憑《つ》きものがすとんと落ちたみたいに」と家福は言った。「もう怒りも感じなくなっていた。あるいはそれは本当は怒りではなく、何か別のものだったのかもしれない」

「でも、それは家福さんにとって間違いなく良いことだったと思います。どのようなかたちにせよ、人を傷つけたりしなかったことは」

「僕もそう思う」

「しかし奥さんがどうしてその人とセックスをしたのか、どうしてその人でなくてはならなかったのか、家福さんにはそれがまだつかめないんですね？」

「ああ、つかめていないと思う。そいつはまだ僕の中に疑問符つきで残っている。その男は裏のない、感じの良いやつだった。うちの奥さんのことが本気で好きだったらしい。

単なる遊びで彼女と寝ていたわけじゃなかった。彼女が死んだことで、心からショックを受けていた。死ぬ前に見舞いに来ようとして断られたことも傷になって残っていた。僕は彼に好意を感じないわけにはいかなかったし、本当に友だちになってもいいと思ったくらいだった」

家福はそこで話しやめ、心の流れを辿《たど》った。少しでも事実に近い言葉を探した。

「でも、はっきり言ってたいしたやつじゃないんだ。性格は良いかもしれない。ハンサムだし、笑顔も素敵だ。そして少なくとも調子の良い人間ではなかった。でも敬意を抱きたくなるような人間ではない。正直だが奥行きに欠ける。弱みを抱え、俳優としても二流だった。それに対して僕の奥さんは意志が強く、底の深い女性だった。時間をかけてゆっくり静かにものを考えることのできる人だった。なのになぜそんななんでもない男に心を惹かれ、抱かれなくてはならなかったのか、そのことが今でも棘《とげ》のように心に刺さっている」

「それはある意味では、家福さん自身に向けられた侮辱のようにさえ感じられる。そういうことですか？」

家福は少し考え、正直に認めた。「そういうことかもしれない」

「奥さんはその人に、心なんて惹かれていなかったんじゃないですか」とみさきはとても簡潔に言った。「だから寝たんです」

家福は遠い風景を見るみたいに、みさきの横顔をただ眺めていた。彼女は何度かワイパーを素速く動かして、フロントグラスについた水滴を取った。新しくなった一対のブレードが、不服を言い立てる双子のように硬く軋《きし》んだ音を立てた。

「女の人にはそういうところがあるんです」とみさきは付け加えた。

言葉は浮かんでこなかった。だから家福は沈黙を守った。

「そういうのって、病のようなものなんです、家福さん。考えてどうなるものでもありません。私の父が私たちを捨てていったのも、母親が私をとことん痛めつけたのも、みんな病がやったことです。頭で考えても仕方ありません。こちらでやりくりして、呑み込んで、ただやっていくしかないんです」

「そして僕らはみんな演技をする」と家福は言った。

「そういうことだと思います。多かれ少なかれ」

家福は革のシートに深く身を沈め、目を閉じて神経をひとつに集中し、彼女がおこなうシフトチェンジのタイミングを感じ取ろうと努めた。しかしやはりそれは不可能だった。すべてはあまりに滑らかで、秘密めいていた。耳に届くエンジンの回転音が僅かに変化するだけだ。行き来する虫の羽ばたきのように。それは近づき、そして遠ざかる。

少し眠ろうと家福は思った。ひとしきり深く眠って、目覚める。十分か十五分、そんなものだ。そしてまた舞台に立って演技をする。照明を浴び、決められた台詞を口にする。拍手を受け、幕が下りる。いったん自己を離れ、また自己に戻る。しかし戻ったところは正確には前と同じ場所ではない。

「少し眠るよ」と家福は言った。

みさきは返事をしなかった。そのまま黙って運転を続けた。家福はその沈黙に感謝した。

イエスタデイ

僕の知っている限り、ビートルズの『イエスタデイ』に日本語の（それも関西弁の）歌詞をつけた人間は、木樽《きたる》という男一人しかいない。彼は風呂に入るとよく大声でその歌を歌った。

昨日は／あしたのおとといで
おとといのあしたや

始まりはそんな風だったと記憶しているが、なにしろずいぶん昔のことなので、本当にそうだったかもうひとつ自信はない。しかしいずれにせよその歌詞は、最初から最後までほとんど意味を持たない、ナンセンスというか、原詞とはまったく似ても似つかない代物だった。聴き慣れたメランコリックで美しいメロディーと、いくぶんお気楽な——あるいは非パセティックなというべきか——関西弁の響きとが、大胆なまでに有益性を排した奇妙なコンビネーションを、そこに作りあげていた。少なくとも僕の耳にはそう響いた。僕はそれをただ笑い飛ばすこともできたし、そこに何かしらの隠された情報を読み取ることもできた。でもそのときには、ただあきれてその歌を聴いていただけだった。

木樽は僕の聞くかぎりほぼ完璧な関西弁をしゃべったが、生まれたのも育ったのも東京都大田区田園調布だった。僕は生まれたのも育ったのも関西だが、ほぼ完璧な標準語(東京の言葉)をしゃべった。そう考えてみれば、僕らはけっこう風変わりな組み合わせだったかもしれない。

彼と知り合ったのは、早稲田の正門近くの喫茶店でアルバイトをしているときだった。僕はキッチンの中で働いていて、木樽はウェイターをしていた。暇な時間になると二人でよくおしゃべりをした。僕らはどちらも二十歳で、誕生日も一週間しか違わなかった。

「木樽というのは珍しい名前だよね」と僕は言った。

「ああ、そやな、かなり珍しいやろ」と木樽は言った。

「ロッテに同じ名前のピッチャーがいた」

「ああ、あれな、うちとは関係ないねん。あんまりない名前やから、まあどっかでちょこっと繋がってるのかもしれんけどな」

そのとき僕は早稲田大学文学部の二年生だった。彼は浪人生で、早稲田の予備校に通っていた。ただ浪人生活も二年目に入っていたにもかかわらず、受験勉強に精を出しているという印象はまったく受けなかった。暇があれば受験とはほとんど関係のない本ばかり読んでいた。ジミ・ヘンドリックスの伝記とか、詰め将棋の本とか、『宇宙はどこから生まれたのか』とか。大田区の自宅から通っているのだと彼は言った。

「自宅？」と僕は言った。「てっきり関西の出身だと思っていたけど」

「ちゃうちゃう。生まれも育ちも田園調布や」

僕はそれを聞いてずいぶん面食らってしまった。

「じゃあ、どうして関西弁をしゃべるんだよ？」と僕は尋ねた。

「後天的に学んだんや。一念発起して」

「後天的に学んだ？」

「つまり一生懸命勉強したんや。動詞やら、名詞やら、アクセントやらを覚えてな。英語とかフランス語とかを習うのと原理的にはおんなじことや。関西まで何度か実習にも行ったしな」

僕は感心してしまった。英語やらフランス語やらを学ぶのと同じように「後天的に」

関西弁を習得する人間がいるなんて、まったくの初耳だった。なるほど東京は広い街だと感心した。なんだか『三四郎』みたいだけど。

「おれは子供の頃から熱狂的な阪神タイガースのファンでな、東京で阪神の試合があったらよう見に行ってたんやけど、縦縞のユニフォーム着て外野の応援席に行っても、東京弁しゃべってたら、みんなぜんぜん相手にしてくれへんねん。そのコミュニティーに入れへんわけや。それで、こら関西弁習わなあかんわ思て、それこそ血の滲むような苦労をして勉学に励んだわけや」

「それだけの動機で関西弁を身につけた？」と僕はあきれて尋ねた。

「そうや。それくらいおれにとっては、阪神タイガースがすべてやったんや。それ以来、学校でも家でもいっさい関西弁しかしゃべらんことにしてる。寝言かて関西弁や」と木樽は言った。「どや、おれの関西弁はほぼ完璧やろ？」

「たしかに。関西の出身者としか思えない」と僕は言った。「ただそれは阪神間の関西弁じゃないよね。大阪市内の、それもかなりディープな地域のしゃべり方だ」

「おお、ようわかっとるな。高校の夏休みに、大阪の天王寺区にしばらくホームステイしとったんや。おもろいとこやったぞ。動物園にも歩いていけたしな」

「ホームステイ」と僕は感心して言った。

「関西弁を身につけるのとおんなじくらい、受験勉強にも熱心に身を入れてたら、二浪なんかしてへんのやろけどな」と木樽は言った。自分でぼけておいて、自分で突っ込みをいれるところもいかにも関西だ。

「で、おまえはどこの出身やねん？」

「神戸の近く」と僕は言った。

「神戸の近くて、どのへんや？」

「芦屋」と僕は言った。

「ええとこやないか。始めからちゃんとそう言うたらええやないか。ややこしい言い方すんな」

僕は説明した。出身地を訊かれて、芦屋の出身だと言うと、どうしても裕福な家庭の出身というイメージを持たれてしまう。しかし芦屋といってもピンからキリまである。僕はとくに裕福な家の出身じゃない。父親は製薬会社に勤めていて、母親は図書館の司書をしている。家は小さいし、乗っている車はクリーム色のトヨタ・カローラだ。だから出身地を訊かれると、余計な先入観を持たれないために、いつも「神戸の近く」と答えることにしている。

「なんや、それって、おれの場合とまったくおんなじやないか」と木樽は言った。「うちも住所から言うたら田園調布やけどな、うちがあるのははっきり言うて、田園調布でもいちばんうらぶれた地域や。住んでる家かて、そらうらぶれたもんや。一回見に来いや。これが田園調布? うそやろ、みたいなことになるから。けどな、そんなことこそ気にしてもしょうがないやないか。そんなもん、ただの住所に過ぎへん。そやからおれの場合は、逆に頭からがーんとぶちかますことにしてるねん。生まれも育ちも田園調布やぞ、どや、みたいにな」

僕は感心した。そして僕らは友だちみたいになった。

僕が東京に出てきて、関西弁をまったくしゃべらなくなったのにはいくつか理由がある。僕は高校を出るまではずっと関西弁を使っていたし、東京の言葉を話したことは一度もなかった。しかし東京に出てきて一ヶ月ほどして、自分がその新しい言語を自然に流暢《りゅうちょう》に話していることに気づいて、びっくりしてしまった。僕は(自分でも気がつかなかったけど)もともとカメレオン的な性格だったのかもしれない。それとも言語的な音感が人より優れていたのかもしれない。いずれにせよ、関西の出身だと言っても、まわりの誰も信じてくれなかった。

それともうひとつ、これまでとは違う人間として生まれ変わりたかったということが、僕が関西弁を使わなくなった大きな理由としてあげられるだろう。

東京の大学に入学し、新幹線に乗って上京するあいだずっと一人で考えていたのだが、それまでの十八年間の人生を振り返ってみると、僕の身に起こったことの大部分は、実に恥ずかしいことばかりだった。ことさら誇張して言っているわけではない。実際の話、思い出したくもないようなみっともないことばかりだった。考えれば考えるほど、自分であることがつくづくいやになった。もちろん素敵な思い出も少しはある。晴れがましい思いをした経験もなくはない。それは認めよう。しかし数から言えば、赤面したくなること、思わず頭を抱えたくなることの方が遥かに多かった。これまでの僕の生き方も考え方も、思い起こせば、お話にならないくらい月並みで、悲惨きわまりないものだった。大方は想像力を欠いた、ミドルクラスのがらくただった。そんなものはひとまとめにして大きな抽斗《ひきだし》の奥に突っ込んでしまいたかった。あるいは火をつけて煙にしてしまいたかった（どんな煙が出るかまではわからないが）。とにかくすべてをちゃらにし、まっさらの人間として、東京で新しい生活を始めたかった。自分であることの新しい可能性をそこで試してみたかった。そして僕にしてみれば、関西弁を捨てて新しい言語を身につけることは、そのための実際的な（同時にまた象徴的な）手段だった。結局のところ、僕らの語る言葉が僕らという人間を形成していくのだから。少なくとも十八歳の僕にはそのように思えた。

「恥ずかしいって、何がそんなに恥ずかしいねん？」と木樽は僕に尋ねた。

「何もかもだよ」

「家族とはうまくいってないのか？」

「うまくいってなくもない」と僕は言った。「でも恥ずかしいんだ。とにかく家族と一緒にいるだけで恥ずかしい」

「けったいなやつやな」と木樽は言った。「家族と一緒にいて何が恥ずかしいねん。おれなんかけっこう楽しくやってるけどな」

僕は黙っていた。うまく説明できない。クリーム色のトヨタ・カローラのどこがいけないのだと言われても、答えようがない。ただうちの前の道路の幅が狭く、両親が外見に金をかけることに興味がなかったというだけのことなのだが。

「おれがあんまり勉強せんことで、親は毎日のように文句ばっかり言いよるし、それはそれでもちろんうっとおしいわけやけど、そらまあしょうがない。それがあいつらの仕事なんやからな。そういうのはできるだけ大目に見たらなあかんぞ」

「おまえは気楽でいいよ」と僕は感心して言った。

「彼女はいるのか？」と木樽は尋ねた。

「今はいない」

「前はいたのか？」

「少し前までは」

「わかれたのか？」

「そうだよ」と僕は言った。

「なんでわかれたんや？」

「それは長い話になるし、今はしゃべりたくない」

「芦屋の女の子か？」と木樽は尋ねた。

「いや、芦屋じゃない。夙川《しゅくがわ》に住んでいた。わりに近くだけど」

「最後までやらせてくれたか？」

僕は首を振った。「いや、最後まではやらせてくれなかった」

「それでわかれたんか？」

僕は少し考えた。「それもある」

「最後の手前まではやらせてくれたんか？」

「ああ、すぐ手前までは」

「具体的にどのへんまでやらせてくれた？」

「その話はしたくない」と僕は言った。

「それもおまえの言う『恥ずかしいこと』のひとつなんやな？」

「そう」と僕は言った。それも僕が思い出したくないことのひとつだ。

「おまえもええ加減ややこしいやっちゃなあ」と木樽は感心したように言った。

木樽の歌う奇妙な歌詞の『イエスタデイ』を僕が初めて耳にしたのは、田園調布にある彼の自宅（それは彼が自分で言うほどうらぶれた地域でもなかったし、うらぶれた家でもなかった。ごく普通の地域にある、ごく普通の家だ。古いけれど、僕の芦屋の家よりは大きい。とくに立派ではないというだけのことだ。ちなみに置いてある車は、ひとつ前のモデルの紺色のゴルフだった）の風呂場だった。彼は家に帰ると何はさておきまず風呂に入った。そして一度入ったらなかなか出てこなかった。だから僕はよく脱衣場に小さな丸椅子を持ち込んで、そこに座って戸の隙間から彼と話をした。そこに逃げ込まないことには、彼の母親の長話（ほとんどが身を入れて勉強をしない、風変わりな息子についての果てしない愚痴だった）を聞かされることになったからだ。そこで彼はそのとんでもない歌詞をつけた歌を、僕のために――かどうかはわからないが――大きな声で歌ってくれたのだ。

「その歌詞って何の意味もないじゃないか」と僕は言った。「『イエスタデイ』という歌をおちょくっているみたいにしか、僕には聞こえないけどな」

「あほ言え。おちょくってなんかいるかい。それに、もしたとえそうやったとしても、『イエスタデイ』はそもそもジョンの好むところやないか。そやろ？」

「『イエスタデイ』を作詞作曲したのはポールだ」

「そやったかいな？」

「間違いない」と僕は断言した。「ポールがその歌を作り、自分一人でスタジオに入り、ギターを弾いて歌った。そこにあとから弦楽四重奏団の伴奏を加えた。他のメンバーは一切関与していない。その歌はビートルズというグループにはいささか軟弱すぎると他の三人は思ったんだ。名義はいちおうレノン＝マッカートニーになっているけど」

「ふうん。おれはそういう蘊蓄《うんちく》には疎《うと》いからな」

「蘊蓄じゃない。世界中によく知られている事実だ」と僕は言った。

「まあ、ええやないか、そんな細かいことはどうでも」と木樽は湯気の中からのんびりした声で言った。「おれは自分の家の風呂場で勝手に歌《うと》てるだけや。レコードを出してるわけやない。著作権も侵害してないし、誰にも迷惑はかけてへん。いちいち文句をつけられる筋合いはない」

そしてまたサビの部分を、いかにも風呂場的な、よくとおる声で歌った。高音部までとても気持ちよさそうに。「きのうまであの子もちゃんと／そこにおったのに……」とかなんとか。そして両手を軽く振って、ぱちゃぱちゃと気楽な水音の伴奏を入れた。僕も何か合いの手を入れてやれるとよかったのだろうが、そんな気持ちにはとてもなれなかった。他人が風呂に入るのに一時間も付き合って、ガラス戸越しにとりとめのない話をしているのは、それほど心楽しいものではない。

「しかしどうやったら、そんなに長く風呂に入ってられるんだ。身体がふやけてこないか？」と僕は言った。

僕自身は風呂に入る時間が昔から短い。おとなしくお湯に浸かっていることにすぐに飽きてしまうからだ。風呂の中では本も読めないし、音楽も聴けない。そういうものがないと、僕はうまく時間が潰せない。

「長いこと風呂につかっているとな、頭がリラックスして、けっこうええアイデアが浮かぶんや。ひょこっと」と木樽は言った。

「アイデアって、その『イエスタディ』の歌詞みたいなもののことか？」

「まあ、これもそのひとつではある」と木樽は言った。

「良いアイデアも何も、そんなことを考えている暇があったら、もう少し真面目に受験勉強した方がいいんじゃないか」と僕は言った。

「おいおい、おまえもつまらんやっちゃなあ。うちの母親とほとんどおんなじこと言うてるやないか。若いくせして分別くさいことを言うな」

「でも、二年も浪人してそろそろいやにならないか？」

「いやになるに決まってるやろ。おれかて早いとこ大学生になって、落ち着いてのんびりしたい。まともに彼女とデートもしたい」

「じゃあもう少し身を入れて勉強すればいい」

「それがなあ」と木樽は間延びした声で言った。「それができたらとっくにやってるんやけどなあ」

「大学なんてつまんないところだよ」と僕は言った。「入ってみたらがっかりする。それは間違いない。でもそこにすら入れないって、もっとつまんないだろう」

「正論や」と木樽は言った。「正論すぎて言葉もないで」

「じゃあ、どうして勉強しないんだよ？」

「モチベーションがないからや」と木樽は言った。

「モチベーション？」と僕は言った。「まともに彼女とデートをしたいというのは立派なモチベーションになるだろう」

「それがなあ」と木樽は言った。そして半ばため息のような、半ば唸り声のようなものを喉の奥からしぼり出した。「話し出すと長い話になるねんけど、おれの中には分裂みたいなものがあるんや」


木樽には小学校のときからつきあっている女の子がいた。幼馴染みのガールフレンドというところだ。同じ学年だが、彼女の方は現役で上智大学に入学していた。仏文科でテニス同好会に入っている。写真を見せてもらったが、思わず口笛を吹きたくなるくらいきれいな女の子だった。スタイルもよく、表情が生き生きしている。しかし今はあまり顔を合わせていない。二人で話し合って、木樽が大学に合格するまで、勉強の邪魔にならないように男女としての交際は控えた方がいいだろうということになったのだ。それを提案したのは木樽の方だった。彼女は「まあ、あなたがそう言うのなら」ということで同意した。電話ではよく話をするが、実際に会うのはせいぜい週に一度で、それもデートというよりは、むしろ「面会」に近いものだった。二人は一緒にお茶を飲んで、それぞれの近況を語り合う。手は握り合う。軽いキスはする。でもそれ以上には進まないようにする。かなり古風だ。

木樽自身もとくにハンサムというほどではないにせよ、顔立ちはいちおう上品に整っていた。背は高くないが細身で、髪型も服の好みもあっさりとして洒落《しやれ》ている。黙ってさえいれば、育ちの良い、感受性の細やかな都会の青年に見える。彼女と並べれば、お似合いのカップルというところだ。あえて欠点をあげるとすれば、顔の造作が全体的に華奢《きやしや》なせいで、「この男は個性や主張にやや乏しいかもしれない」という印象を人に与えそうなところくらいだ。ところがいったん口を開くとそういう第一印象は、元気の良いラブラドール・リトリーバーに踏みつけられた砂の城のように、あっけなく崩壊してしまう。その関西弁の達者なしゃべりと、よく通る甲高い声に、人々はあっけにとられた。なにしろ外見とのミスマッチが甚《はなは》だしかった。その落差に僕も最初のうちはずいぶん戸惑ったものだ。

「なあ、彼女がおらんと毎日が淋しいないか?」と木樽はある日僕に言った。

淋しくなくはない、と僕は言った。

「なあ、谷村、そしたらおれの彼女とつきおうてみる気はないか？」

木樽が何を言おうとしているのかうまく理解できなかった。「つきあうってどういうことだよ？」

「ええ子やぞ。美人やし、性格も素直やし、頭もけっこうええし。それはおれが保証する。つきおうて損はない」と彼は言った。

「損をするとはべつに思ってないけど」と僕は話の筋がよく見えないまま言った。「しかしいったいなんで、僕がおまえのガールフレンドとつきあわなくちゃならないんだよ。理屈がよくわからない」

「おまえはなかなかええやつやからや」と木樽は言った。「そうやなかったら、こんなことわざわざ言い出すかい」

何の説明にもなっていない。僕がいいやつであることと（もし本当にそうだとしてだが）、木樽の彼女と僕とがつ*き*あ*う*ことの間に、いったいどのような因果関係があるのだろう。

「えりか（というのが彼女の名前だ）とおれとは同じ地元の小学校から、同じ中学校と高校に進んだんや」と木樽は言った。「要するに、これまでの人生のほとんどを一緒に過ごしてきたみたいなもんや。自然に男女のカップルみたいになって、おれらの仲はまわりのみんなに公認されていた。友だちにも親にも教師にもな。こんな風に二人ぴったし隙間なく、仲良くくっついていたわけや」

木樽は自分の左右の手のひらをぴったりと合わせた。

「それで、そのまま二人仲良く大学にすんなり進学できたら、人生何の破綻《はたん》もなし、万事めでたしめでたしやったんやけど、おれは大学受験にみごと失敗して、ごらんのとおりや。どこでどうなってしもたのかは知らんけど、いろんなことがちょっとずつうまくいかんようになってきた。もちろんそういうのは誰のせいでもなく、みんなおれ自身のせいやねんけどな」

僕は黙って話を聞いていた。

「それでおれは、言うなれば自己を二つに切り裂かれたわけや」と木樽は言った。そして合わせていた手のひらを離した。

自己を二つに切り裂かれた?「どんな風に?」と僕は尋ねた。

木樽はしばらく自分の両手の掌をじっと眺めていた。それから言った。「つまりやな、一方のおれはやきもき心配してるわけや。おれがしょうもない予備校に通って、しょうもない受験勉強してるあいだ、えりかは大学生活を満喫している。ぽこぽことテニスをやったり、なんやかやしてな。新しい友だちもできて、たぶん他の男とデートしたりもしてるんやないか。そういうことを考え出すと、自分だけがあとに取り残されていくみたいで、頭がもやもやする。その気持ちはわかるやろ？」

「わかると思う」と僕は言った。

「けどな、もう一方のおれはそれで逆に、ちょっとほっとしてもいるわけや。つまりこのままおれらが何の問題もなく破綻もなく、仲良しのカップルとしてするするとお気楽に人生を進めていったら、この先いったいどうなってしまうんやろうと。それよりいっぺんこのへんで別々の道を歩んでみて、それでやっぱりお互いが必要やとわかったら、その時点でまた一緒になったらええやないか。そういう選択肢もありなんやないかと思たりもするわけや。それはわかるか？」

「わかるような気もするし、よくわからないような気もする」と僕は言った。

「つまりやな、大学を出て、どっかの会社に就職して、そのままえりかと結婚して、みんなに祝福されてお似合いの夫婦になって、子供が二人ほどできて、お馴染みの大田区立田園調布小学校に入れて、日曜日にはみんなで多摩川べりに行って遊んで、オブラディ・オブラダ……もちろんそういう人生もぜんぜん悪うないと思うよ。しかし人生とはそんなつるっとした、ひっかかりのない、心地よいものであってええのんか、みたいな不安もおれの中になくはない」

「自然で円滑で心地よいことが、ここでは問題にされている。そういうこと？」

「まあ、そういうことや」

自然で円滑で心地よいことのどこが問題になるのか、僕にはもうひとつよくわからなかったが、話が長くなりそうなので、その問題は追及しないことにした。

「でもそれはそれとして、どうしてこの僕とおまえの彼女がつきあわなくちゃならないんだ？」と僕は尋ねた。

「どうせ他の男とつきあうんやったら、相手がおまえの方がええやないか。おまえのことやったら、おれもよう知ってるしな。それにおまえから彼女の近況を聞くこともできる」

それは筋の通った話とはとても思えなかったが、木樽の恋人に会ってみること自体には興味があった。写真で見る彼女は人目を惹く美人だったし、そんな女の子がどうして木樽みたいな風変わりな男と好んでつきあうのか知りたかったということもある。僕は昔から人見知りするくせに、好奇心だけはけっこう旺盛なのだ。

「それで彼女とはどのへんまでいってるんだ？」と僕は尋ねてみた。

「セックスのことか？」と木樽は言った。

「そうだよ。最後までいったの？」

木樽は首を振った。「それが、あかんねん。子供の頃からよう知ってるからな、服を脱がせたり、身体を撫でたり触ったり、あらためてそういうことをするのが、なんか決まり悪いんや。他の女の子が相手やったら、そんなことないと思うんやけど、パンツの中に手を入れるとか、彼女を相手にそういうことを想像すること自体が、よろしくないことに思えてくる。それはわかるやろ？」

僕にはよくわからなかった。

木樽は言った。「もちろんキスはしてるし、手も握ってる。服の上から胸を触ることもある。けど、そういうのもなんか冗談半分、遊び半分みたいな具合やねん。いちおう盛り上がっても、そこから先に進んでいこうかとか、そういう気配がないのんや」

「気配も何も、そういう流れって、ある程度こっちからがんばって作っていくものじゃないのか？」と僕は言った。人はそれを性欲と呼ぶ。

「いや、それが違うねん。おれらの場合はなかなかそういう風にはいかへんねん。うまいこと言えんけどな」と木樽は言った。「たとえばマスターベーションするときに、誰か具体的な女の子のことを思い浮かべたりするやろ？」

それはまあ、と僕は言った。

「でもな、おれはえりかを思い浮かべることがどうしてもできへんねん。そんなことしたらあかんという気がするんや。そやからそういうときは他の女の子のことを考える。そんなに好きでもない子のことをな。それについてどう思う？」

僕は少し考えてみたが、結論みたいなものは出てこなかった。他人のマスターベーションのことまではなかなかわからない。自分のことだってもうひとつわかりづらい部分はある。

「いずれにせよ、一回ためしに三人で会《お》うてみよやないか」と木樽は言った。「それからゆっくり考えてみたらええやろ」

僕と木樽と彼のガールフレンド（フルネームは栗谷《くりたに》えりか）が会ったのは日曜日の午後、場所は田園調布駅の近くの喫茶店だった。彼女は木樽と変わらない身長で、よく日焼けして、きれいにアイロンのかかった白い半袖のブラウスに、紺のミニスカートをはいていた。育ちの良い山の手出身の女子大生の見本みたいだ。写真で見たとおりの素敵な女性だったが、実物を前にすると、顔立ちの良さよりはむしろ、全身に溢れている率直な生命力のようなものに注意を引かれる。どことなく線の細い印象のある木樽とは対照的だった。

木樽が僕を彼女に、彼女を僕に紹介した。

「アキくんに、お友だちができてよかった」と栗谷えりかは言った。木樽の名前は明義といった。彼をアキくんと呼ぶのは世界中で彼女一人だけだった。

「おおげさなやつやな。友だちくらいなんぼでもいるぞ」と木樽は言った。

「嘘よ」と栗谷えりかはあっさりと言った。「ごらんのとおりの人だから、なかなか友だちが作れないの。東京育ちのくせに関西弁しか話さないし、口を開けばいやがらせみたいに、阪神タイガースと詰め将棋の話しかしないし、そんなはずれた人が普通の人とうまくやっていけっこないでしょう」

「そんなこと言うたら、こいつかてけっこうけったいなやつやぞ」と木樽は僕を指さして言った。「芦屋の出身のくせに東京弁しかしゃべらんしな」

「それってわりに普通じゃないかしら」と彼女は言った。「少なくとも逆よりは」

「おいおい、それは文化差別や」と木樽は言った。「文化ゆうのは等価なもんやないか。東京弁の方が関西弁より偉いなんてことがあるかい」

「あのね、それは等価かもしれないけど、明治維新以来、東京の言葉がいちおう日本語表現の基準になっているの」と栗谷えりかは言った。「その証拠に、たとえばサリンジャーの『フラニーとズーイ』の関西語訳なんて出てないでしょう?」

「出てたらおれは買うで」と木樽は言った。

僕も買うだろうと思ったが、黙っていた。余計な口出しは控えた方がいい。

「とにかく世間一般の常識として、そういうことになってるの」と彼女は言った。「アキくんの脳味噌には偏屈なバイアスがかかっているだけなの」

「偏屈なバイアスていったいどういうことや?　おれには文化差別の方がよっぽど有害なバイアスやとしか思えんけどな」と木樽は言った。

栗谷えりかは賢明にもその論点を回避し、話題を変更することを選んだ。

「私の入ってるテニスの同好会にも芦屋から来てる女の子がいるわ」、彼女は僕に向かって言った。「サクライ・エイコって子だけど、知ってる？」

「知ってる」と僕は言った。櫻井瑛子。妙なかたちの鼻をした、ひょろりと背の高い女の子で、親が大きなゴルフ場を経営している。気取っていて、性格もあまり良くない。胸もほとんどない。ただし昔からテニスだけはうまくて、よく大会に出ていた。できることなら二度と会いたくない相手だった。

「こいつな、けっこうええやつやねんけど、今のところ彼女がおらへんねん」と木樽が栗谷えりかに向かって言った。僕のことだ。「ルックスはほどほどゆうとこやけど、躾《しつ》けもできてるし、おれと違って考え方はかなりまともや。いろんなことをよう知ってるし、むずかしそうな本も読んでる。見たところ清潔そうやし、悪い病気なんかも持ってへんと思う。前途有為な好青年やと思うんやけどな」

「いいわよ」と栗谷えりかは言った。「うちのクラブにもけっこう可愛い新入生が何人かいるから、紹介してあげてもいい」

「いや、ちゃうねん。そうゆうんやなくて」と木樽は言った。「おまえ、こいつと個人的につきおうてやってくれへんかな？　おれも浪人生の身やし、おまえの相手も思うようにできへん。そのかわりゆうたらなんやけど、こいつやったらおまえのええ交際相手になれると思うし、おれとしてもまあ安心してられるんや」

「安心してられるってどういうことよ？」と栗谷えりかは言った。

「つまりやな、おれはおまえら二人のことを知ってるし、見ず知らずの男とおまえがつきおうたりしてるよりは、おれとしてもその方が安心やないか」

栗谷えりかは目を細め、遠近法を間違えた風景画でも見るみたいに、木樽の顔をじっと見ていた。そしてゆっくり口を開いた。「だから私がこの谷村くんとおつきあいすればいいっていうことなの？　彼がけっこういい人だから、私たちが男女として交際するように、アキくんは真剣に勧めているわけなの？」

「そんな悪い考えでもないやろ。それとも他にもう誰かつきおうてる男でもいるのんか？」

「いないわよ、そんな人は」と栗谷えりかは静かな声で言った。

「そしたらこいつとつきおうてやったらええやないか。文化交流みたいな感じで」

「文化交流」と栗谷えりかは言った。そして僕の顔を見た。

何を言っても良い効果は生みそうになかったので、僕は沈黙を守っていた。コーヒー・スプーンを手にとって、その柄《え》の模様を興味深そうに眺めていた。エジプトの古墳の出土品を精査する博物館の学芸員みたいに。

「文化交流ってどういうことなの？」と彼女は木樽に尋ねた。

「つまりやな、ここらでちょっと異なった視点みたいなものを取り入れていくのも、おれらにとって悪いことやないんやないかと……」と木樽は言った。

「それがあなたの考える文化交流なの？」

「そやから、おれの言わんとするのは――」

「いいわよ」と栗谷えりかはきっぱりと言った。目の前に鉛筆があったら、手にとって二つに折っていたかもしれない。「アキくんがそう言うのなら、その文化交流をしましょう」

彼女は紅茶を一口飲み、カップをソーサーの上に戻し、それから僕の方を向いた。そして微笑んだ。「じゃあ谷村くん。アキくんもこうして勧めてくれていることだし、今度二人でデートをしましょう。楽しそうじゃない。いつがいいかしら？」

うまく言葉が出てこなかった。大事なときに適切な言葉が出てこないというのも、僕の抱えている問題のひとつだった。住む場所が変わっても、話す言語が変わっても、こういう根本的な問題はなかなか解決しない。

栗谷えりかはバッグから赤い革の手帳を取り出し、ページを開いて予定を調べた。

「今週の土曜日は空いてる？」

「土曜日は何も予定はないけど」と僕は言った。

「じゃあ今度の土曜日で決まりね。で、二人でどこに行きましょう？」

「こいつ、映画が好きやねん」と木樽が栗谷えりかに言った。「将来は映画のシナリオを書くのが夢なんや。シナリオ研究会ゆうとこに入ってるねん」

「じゃあ映画でも見に行きましょう。どんな映画がいいかしら？　えーと、それは谷村くんが考えておいて。私は恐怖映画だけはだめだけど、それ以外であればどんなものでもつきあうから」

「こいつな、ものすごい恐がりやねん」と木樽が僕に言った。「子供の頃、二人で後楽園のお化け屋敷に行ったときなんかな、手を繋いでたんやけど――」

「映画のあとでゆっくりお食事でもしましょう」と栗谷えりかはその話を遮《さえぎ》って、僕に言った。そしてメモ用紙に電話番号を書いて渡してくれた。「これが私のうちの電話番号。待ち合わせの場所とか時間とか、決めたら電話してくれる？」

僕はそのとき電話を所有していなかったので（理解していただきたいのだが、これは携帯電話なんてものがまだ影もかたちもなかった時代の話だ）、アルバイト先の電話番号を彼女に教えた。それから腕時計に目をやった。

「悪いけど、お先に失礼するよ」と僕はできるだけ明るい声を出して言った。「明日までに仕上げなくちゃならないレポートが残っているから」

「そんなもん、ええやないか」と木樽は言った。「せっかく三人でこうして一緒に会えたんやから、ゆっくり話をしていったらどうや。この近くにけっこううまい蕎麦屋もあるし……」

栗谷えりかはとくに意見を口にしなかった。僕は自分のコーヒー代をテーブルに置いて席を立った。けっこう大事なレポートだから、悪いけど、と僕は言った。本当はどうでもいいようなものだったのだが。

「明日かあさってには電話するよ」と僕は栗谷えりかに言った。

「待ってるわ」と彼女は言って、すごく感じの良い微笑みを顔に浮かべた。僕の印象からすればそれは、本物であるにはいささか感じの良すぎる微笑だった。

二人をあとに残して喫茶店を出て、駅に向かって歩きながら、「僕はいったいこんなところで何をやっているんだろう?」と自らに向けて問いかけた。何かがいったん決定されてしまってから、どうしてこうなってしまったのかと考え込んでしまうところも、僕の抱える問題のひとつだ。


その週の土曜日に栗谷えりかと渋谷で待ち合わせをして、ニューヨークを舞台にしたウディー・アレンの映画を見た。彼女に会って話したときに、たぶんウディー・アレンみたいなものが好みじゃないかという気がしたからだ。そして僕が思うに、木樽はそんな映画に彼女を誘ったりはまずしないだろう。幸いなことに映画の出来は良くて、映画館を出るとき二人とも楽しい気持ちになっていた。

夕暮れの街をしばらく散歩してから、桜丘《さくらがおか》の小さなイタリアンの店に入ってピザを注文し、キャンティ・ワインを飲んだ。カジュアルで、値段もそれほど高くない店だ。照明は落とされ、テーブルにはキャンドルが灯されていた（当時のイタリア料理店では大抵キャンドルが灯されていた。テーブルクロスはギンガムチェックだった）。そこで僕らはいろんな話をした。大学二年生が最初のデートで（たぶんデートと呼んでいいのだろう）交わすような会話だ。さっき見た映画のこと、お互いの大学生活のこと、趣味のこと。予想していた以上に話ははずみ、彼女は何度も声をあげて笑った。自分で言うのもなんだけど、僕には女の子を自然に笑わせる才能があるみたいだ。

「アキくんにちょっと聞いたんだけど、谷村くんは高校時代の恋人と少し前に別れたんだって？」と彼女は僕に尋ねた。

「うん」と僕は言った。「三年近くつきあったんだけど、うまくいかなかった。残念ながら」

「彼女との間がうまくいかなくなった原因はセックスのことだって、アキくんは言ってたけど。つまり、なんていうのかしら……あなたが求めることを彼女が与えてくれなかったとか」

「それもある。でも、それだけじゃないんだ。もし僕が心から彼女のことが好きだったら、それはそれで我慢できたと思う。本当に好きだという確信があればね。でもそうじゃなかった」

栗谷えりかは肯《うなず》いた。

「もし最後までいっていたとしても、結果は同じだっただろうな」と僕は言った。「東京に出てきて、距離を置いてみて、だんだんそれが見えてきたんだ。うまくいかなくなったのは残念だったけど、まあ仕方ないことだと思う」

「そういうのってきつい？」と彼女は尋ねた。

「そういうのって？」

「これまでは二人だったのに、急に一人だけになること」

「ときには」と僕は正直に言った。

「でも、若いときにはそういう淋しく厳しい時期を経験するのも、ある程度必要なんじゃないかしら？　つまり人が成長する過程として」

「君はそう思う？」

「樹木がたくましく大きくなるには、厳しい冬をくぐり抜けることが必要なみたいに。いつも温かく穏やかな気候だと、年輪だってできないでしょう」

僕は自分の中にある年輪を想像してみた。それは三日前のバームクーヘンの残りのようにしか見えなかった。僕がそう言うと彼女は笑った。

「たしかにそういう時期も人間には必要なのかもしれない」と僕は言った。「それがいつか終わるとわかっていれば、もっといいんだけどね」

彼女は微笑んだ。「大丈夫よ。あなたならきっとそのうちに良い人が見つかるから」

「だといいんだけどね」と僕は言った。だといいのだけど。

栗谷えりかはしばらく何かを一人で考えていた。そのあいだ僕は運ばれてきたピザを一人で食べていた。

「ねえ、谷村くんにちょっと相談があるんだけど。聞いてくれる？」

「もちろん」と僕は言った。そして、やれやれ、困ったことになりそうだなと思った。誰かにすぐ大事な相談をもちかけられてしまうことも、僕の抱える恒常的問題のひとつだった。そして栗谷えりかが持ちだそうとしているのが、僕にとってあまり心愉しくない種類の「相談」であることも、かなりの確率で見当がついた。

「私は今けっこう迷っているの」と彼女は言った。

彼女の目は捜し物をしている猫のように、ゆっくり左右に移動した。

「谷村くんも見ていてわかると思うんだけど、アキくんは浪人生活が二年目に入っているというのに、受験勉強なんて実際にはほとんどやってないわけ。予備校にもろくすっぽ行ってない。だからたぶん来年も合格できないだろうと思うの。もちろん学校のレベルを落とせばどこかには入れるでしょうけど、あの人の頭にはなぜか早稲田しかないわけ。早稲田に入るしかないって思い込んでいる。そういうのってほんとに意味ないと思うんだけど、私が何を言っても、親や先生が何を言っても、ぜんぜん耳を貸さない。なら早稲田に入れるように身を入れて勉強をすればいいのに、それもしない」

「どうしてそんなに勉強しないんだろう」

「あの人はね、入学試験なんて運さえ良ければ受かるものと真剣に信じているのよ」と栗谷えりかは言った。「受験勉強なんかするだけ時間の無駄、人生の消耗だって。どうしてそういう変な考え方ができるのか、私には信じられないけど」

それもひとつの見識かもしれないと僕は思ったが、もちろん口には出さなかった。

栗谷えりかはため息をひとつついてから言った。「彼、小学校の頃はすごく勉強ができたのよ。成績もクラスでトップクラスだった。でも中学校に入ってからは、坂を滑り落ちるみたいにずるずると成績が落ちていった。ちょっと天才肌みたいなところがあって、もともと頭はいいはずなんだけど、性格がどうも地道な勉学に向かないみたい。学校というシステムにうまく馴染めなくて、一人でへんてこなことばかりしている。私とは逆ね。私はもともとの頭の出来はそんなに良くないけど、こつこつ真面目に勉強する」

僕はとくに熱心に勉強はしなかったが、大学には問題なくすんなりと入れた。ただ運が良かったのかもしれない。

「アキくんのことはとても好きだし、彼には人間的に優れたところがいっぱいある。でもときどき、あの極端な考え方についていくのがむずかしくなるの。関西弁にしたってそうよ。東京生まれ東京育ちの人が、どうしてわざわざ苦労して関西弁を話さなくちゃならないわけ？　意味がわからない。最初はただの面白い冗談だと思ってたんだけど、そうじゃないの。あれ、本気でやってるのよ」

「おそらくこれまでの自分とは違う、別の人格になりたかったんじゃないかな」と僕は言った。つまり僕とは逆のことをやっているわけだ。

「だから関西弁しかしゃべらなくなるわけ？」

「たしかにかなり極端な発想だとは思うけど」

栗谷えりかはピザを手にとり、大きめの記念切手くらいの一片を齧《かじ》り取った。それを思慮深く咀嚼《そしやく》し、そのあとで言った。

「ねえ、谷村くん、他にこういうことを訊ける人がまわりにいないからあなたに訊くんだけど、かまわないかな？」

「かまわないよ」と僕は言った。他に答えようもない。

「一般論としてだけど、ずっと親しくつきあっていれば、男の子って女の子の体を求めるものでしょう？」

「一般論としてたぶんそうなると思う」

「キスをしたら、そのもっと先に行きたがるものよね？」

「普通はまあそうだけど」

「あなたの場合もそうだった」

「もちろん」と僕は言った。

「でもアキくんはそうじゃない。ずっと二人きりでいても、彼はそれ以上のことを求めないの」

どう答えるべきか、言葉を選ぶのに少し時間がかかった。それから僕は言った。「そういうのはあくまで個人的なことだし、人によって求め方はけっこう違ってくるんじゃないかな。木樽はもちろん君が好きだけど、君のことをあまりに身近な自然な存在として感じてきたから、そういう一般的な方向にすんなりと進めないのかもしれない」

「本気でそう思う？」

僕は首を振った。「僕には断定的なことは言えない。そういう経験はないからね。ただそういうこともあるかもしれないと言ってるだけだよ」

「彼が私に対して性的な欲望を感じていないんじゃないかと思うこともある」

「性的欲望はきっと感じていると思うよ。ただそれを認めるのが、単純に恥ずかしいんじゃないかな」

「私たちもう二十歳なのよ。恥ずかしいとか言ってる年齢でもないでしょう」

「時間の進み方は人によって少しずつずれているかもしれない」と僕は言った。

栗谷えりかはそれについて考えた。彼女は何かについて考えるとき、何によらず正面から真剣に考えるようだった。

「木樽はたぶん、何かを真剣に求めているんだよ」と僕は続けた。「普通の人とは違う彼自身のやり方で、彼自身の時間の中で、とても純粋にまっすぐに。でも自分が何を求めているのか、自分でもまだよく摑《つか》めていないんだ。だからいろんなものごとを、まわりに合わせてうまく前に運んでいくことができない。何を探しているのか自分でもよくわからない場合には、探し物はとてもむずかしい作業になるから」

栗谷えりかは顔を上げ、しばらく何も言わず、僕の目をまっすぐ見ていた。その黒い瞳がキャンドルの炎を、小さな点として鮮やかに美しく反射していた。僕は目を逸《そ》らさないわけにはいかなかった。

「もちろん彼のことは、僕なんかより君の方がずっとよく知っているはずだけど」と僕は弁解するように言った。

彼女はもう一度ため息をついた。そして言った。

「ねえ、実を言うと私には、アキくんとは別につきあっている男の人がいるの。同じテニスの同好会の一年先輩なんだけど」

今度は僕が黙り込む番だった。

「私はアキくんのことが心から好きだし、彼に対するような深く自然な気持ちを、他の誰に対してもおそらく持つことができないと思う。彼と離れていると、胸の決まった部分がしくしくと疼《うず》くの。虫歯みたいに。本当よ。私の心の中には彼のためにとってある部分があるの。でもそれと同時に、なんていうのかな、私の中にはもっと違う何かを見つけてみたい、もっと多くのものごとと触れあってみたいという、強い思いもあるわけ。好奇心というか、探求心というか、可能性というか。それもまたとても自然なもので、抑えようとしてもうまく抑えきれないものなの」

植木鉢の中に収まりきらない強い植物のように、と僕は思った。

「迷っているというのは、そういうことなの」と栗谷えりかは言った。

「だったらそういう気持ちを、木樽に正直に打ち明けた方がいいよ」と僕は注意深く言葉を選んで言った。「他の人と交際していることを秘密にして、それがもし何かの加減でわかったりしたら、木樽も傷つくだろうし、それはやはりまずいんじゃないかな」

「でも彼にそれがうまく受け入れられるかしら？　つまり私が他の人と交際しているということが」

「君の気持ちは、彼にも理解できるような気がするけど」と僕は言った。

「そう思う？」

「そう思うけど」と僕は言った。

彼女のそのような感情の揺れを、あるいは迷いを、木樽はおそらく理解するだろう。彼自身やはり同じことを感じているわけだから。そういう意味では彼らは間違いなく共感的なカップルだった。しかし彼女の具体的にやっていること（やるかもしれないこと）を、木樽が平静に受け止められるかどうか、僕には今ひとつ自信が持てなかった。僕が見るところ、木樽はそこまで強い人間ではない。しかし彼女が秘密を持つことに、嘘をつくことに、彼はもっと耐えられないはずだ。

栗谷えりかは、エアコンの風にちらちらと揺れるキャンドルの炎を無言で眺めていた。それから言った。

「私は同じ夢をよく見るの。私とアキくんは船に乗っている。長い航海をする大きな船。私たちは二人だけで小さな船室にいて、それは夜遅くで、丸い窓の外には満月が見えるの。でもその月は透明なきれいな氷でできてる。そして下の半分は海に沈んでいる。『あれは月に見えるけど、実は氷でできていて、厚さはたぶん二十センチくらいのものなんだ』とアキくんは私に教えてくれる。『だから朝になって太陽が出てきたら、溶けてしまう。こうして見られるうちによく見ておくといいよ』って。その夢を何度も繰り返し見た。とても美しい夢なの。いつも同じ月。厚さはいつも二十センチ。下半分は海に沈んでいる。私はアキくんにもたれかかっていて、月は美しく光っていて、私たちは二人きりで、波の音が優しい。でも目が覚めると、いつもとても悲しい気持ちになる。もうどこにも氷の月は見えない」

栗谷えりかはしばらく黙っていた。それから言った。

「私とアキくんと二人だけでそういう航海を続けていられたら、どんなに素敵だろうと思う。私たちは毎晩二人で寄り添って、丸い窓から氷でできた月を見るの。月は朝になったら溶けてしまうけれど、夜にはまたそこに姿を見せる。でもそうじゃないかもしれない。ある夜、月はもう出てこないかもしれない。そのことを思うとひどく怖い。明日自分がどんな夢を見るのか、それを考えると、身体が音を立てて縮んでいくくらい怖い」


翌日、アルバイト先で木樽と会ったとき、彼は僕にそのデートのことを尋ねた。

「キスとかしたか？」

「するわけないだろう」と僕は言った。

「したかて怒らへんぞ」と彼は言った。

「とにかくそんなことしてないよ」

「手も握らへんかったんか？」

「手も握ってない」

「そしたら何してたてん？」

「映画を見て、散歩して、食事をして、話をした」と僕は言った。

「それだけか？」

「普通の場合、最初のデートではあまり積極的なことはしない」

「そうか」と木樽は言った。「おれは普通のデートとかあんまりしたことないからな。ようわからんのや」

「でも彼女と一緒にいて楽しかったよ。あんな子が僕の恋人だったら、どんな事情があれ、そばから離さないけどな」

木樽はそれについて少し考えていた。何かを言おうとしたが、思い直してそれを呑み込んだ。それから言った。「それで何を食べたんや」

僕はピザとキャンティ・ワインの話をした。

「ピザとキャンティ・ワイン？」と木樽は驚いたように言った。「ピザが好きやなんて、ちっとも知らんかった。おれらは蕎麦屋かそのへんの定食屋しか行ったことないもんな。ワインなんか飲むんか。あいつが酒を飲むことすら知らんかった」

木樽自身はまったくアルコールを口にしない。

「おまえの知らない面がきっといろいろとあるんだよ」と僕は言った。

僕は木樽に訊かれるままに、デートの詳細を話した。ウディー・アレンの映画のこと（筋まで細かく話させられた）、食事のこと（勘定はいくらだったか、割り勘にしたのか？）、彼女が着ていた服のこと（白いコットンのワンピース、髪はアップにしていた）、どんな下着をつけていたか（わかるわけない）、交わした会話の内容。彼女が年上の男と試験的につきあっていることはもちろん黙っていた。氷でできた月の出てくる夢のことも話さなかった。

「次のデートの約束はしたんか？」

「いや、してない」と僕は言った。

「なんでや？　あいつのことが気に入ったんやろ？」

「ああ、すごく素敵だと思う。でもこんなことをいつまでも続けてられない。だって彼女はおまえの恋人じゃないか。していいって言われたって、キスなんてできるわけないだろう」

　木樽はそれについてしばらく思いを巡らせていた。そして言った。「あのな、中学校の終わり頃から、おれはセラピストのとこに定期的に通てたんや。親とか教師とかに、行け言われてな。学校でその手の問題をちょくちょく起こしてたわけや。つまり普通やないということで。けど、セラピーに通って、それで何かがましになったかというと、そういう感じはぜんぜんない。セラピストなんて、名前だけは偉そうやけど、ええ加減なやつらやで。わかったような顔して、人の話をうんうん言うて聞いてるだけでええんやったら、そんなもんおれにかてできるわ」

「今でもセラピーに通ってる？」

「ああ。今は月に二回くらい通てる。まったく金をどぶに捨ててるようなもんやけどな。

えりかはセラピーのことはおまえに言わんかったか？」

僕は首を振った。

「自分の考え方のどこが普通やないのか、正直言うておれにはようわからんのや。おれの見方からしたら、おれはあくまで普通のことを普通にやってるだけやねん。そやけどみんなは、おれのやってることの大方が普通やないと言いよる」

「たしかにあまり普通とは言えないところもあると思う」と僕は言った。

「たとえばどんなとこが？」

「たとえばおまえの関西弁は、東京人が後天的に学習したにしては、異様なくらい完璧すぎる」

木樽はそれについては僕の言い分を認めた。「そやな。そういうのはちょっと普通やないかもしれん」

「それは一般人を気味悪がらせるかもしれない」

「あるいは」

「普通の神経を持ち合わせた人間は、なかなかそこまではやらない」

「たしかにそうかもしれん」

「でも僕の見るところ、僕の知る限り、たとえあんまり普通とは言えなくても、おまえはそうすることで、とくに誰にも具体的に迷惑をかけてない」

「今のところはな」

「それでいいじゃないか」と僕は言った。僕はたぶんそのとき（誰に対してかは知らないけれど）少しばかり腹を立てていたのかもしれない。語気がいくらか荒くなっていることが自分でもわかった。「それのいったいどこがいけないんだ？　今のところ誰にも迷惑をかけてないなら、それでいいじゃないか。だいたい、今のところ以上の何が僕らにわかるって言うんだよ？　関西弁をしゃべりたいのなら、好きなだけしゃべればいい。死ぬほどしゃべればいい。受験勉強をしたくないのなら、しなきゃいい。栗谷えりかのパンツの中に手を入れたくないのなら、手を入れなきゃいいんだ。おまえの人生なんだ。なんだって好きにすればいい。誰に気兼ねすることもないだろう」

木樽は感心したように口を薄く開け、僕の顔をまじまじと見た。「なあ、谷村、おまえはほんまにええやつやな。ときどきちょっと普通過ぎることがあるけど」

「しょうがない」と僕は言った。「人格を変えることはできない」

「そのとおり。人格を変えることはできへん。おれが言いたいのもまさにそういうことや」

「でも栗谷えりかはとてもいい子だよ」と僕は言った。「おまえのことを真剣に考えている。何はともあれ、あの子は離さない方がいいよ。あんな素敵な子は二度と見つからないから」

「知ってる。それはよう知ってるんやけどなあ」と木樽は言った。「知ってるだけではどうしょうもないで」

「自分で突っ込みを入れるな」と僕は言った。


それから二週間ほどして、木樽は喫茶店のアルバイトを辞めた。というか、ある日突然姿を見せなくなったのだ。休むという連絡もなかった。ただでさえ忙しい時期だったので、喫茶店のオーナーは「まったくいい加減なやつだ」とひどく腹を立てた。一週間ぶんの未払いの給与があったが、彼はそれを取りにもこなかった。オーナーは僕に、木樽の連絡先を知らないかと尋ねたが、僕は知らないと言った。実際に僕は彼の家の電話番号も住所も知らなかった。知っているのは田園調布の家の場所と、栗谷えりかの家の連絡先だけだった。

　木樽は店を辞めることを、僕にひとことも言わなかったし、仕事に来なくなったあとも連絡ひとつしてこなかった。僕の前からただあっさり姿を消してしまっただけだ。そのことで僕は少なからず傷ついたと思う。木樽とは親しい友だちになれたと思っていたからだ。そんな風に簡単に自分が切られてしまうのは、僕にとってはそれなりにきついことだった。僕は東京で、ほかにこれという友だちを作ることができないでいたから。

　ただひとつ気になったのは、木樽が最後の二日ばかりずいぶん無口になっていたことだった。僕が話しかけてもろくに返事をしなかった。そしてそのまま消えてしまった。栗谷えりかに電話をかけて、彼の消息を訊いてみることもできたが、それはなぜか気が進まなかった。あの二人のことはもう二人にまかせておけばいいだろう。僕はそう思った。彼らの入り組んだ微妙な関係にこれ以上深く巻き込まれるのは、あまり健全なことではあるまい。僕は自分が所属するささやかな世界の中で、なんとか生き延びていかなくてはならない。

そんな出来事があってしばらくして、僕はなぜか別れたガールフレンドのことをよく考えるようになった。たぶん木樽と栗谷えりかを見ていて、何かしら感じるところがあったのだろう。あるとき彼女に長い手紙を書き、申し訳ないことをしたと思うと詫びた。僕は彼女に対してもっと優しくなることもできたのだ。でもその手紙に対する返事はこなかった。

＊

彼女が栗谷えりかであることは一目でわかった。僕はそれまで二度しか彼女に会っていなかったし、最後に会ってから既に十六年が経過していた。それでも見違えようはなかった。昔とおなじように表情が生き生きとして、美しかった。黒いレース地のワンピースに、黒いハイヒール、細い首に二重の真珠のネックレスをかけていた。彼女も僕のことをすぐに思い出してくれた。場所は赤坂のホテルで開かれたワイン・テイスティング・パーティーの会場だった。ブラックタイの催しということで、僕もいちおうダークスーツを着て、ネクタイを締めていた。僕がどうしてそんな場所にいたのかについては、説明すると話がけっこう長くなる。彼女はそのパーティーを主催した広告代理店の担当者だった。いかにも有能そうに立ち働いていた。

「ねえ、谷村くん、どうしてあのあと連絡をくれなかったの？　あなたともっとゆっくりお話ししたいと思っていたのに」

「君は僕にはいささか美しすぎたから」と僕は言った。

彼女は笑った。「そういうのは社交辞令としても耳に心地よいけど」

「社交辞令なんて生まれてこのかた、口にしたこともないよ」と僕は言った。

彼女の微笑みはより深くなった。でも僕の言ったことは嘘でもなく、社交辞令でもなかった。彼女は僕が真剣に興味を抱くには美しすぎた。昔も、そして今も。それに加えて、彼女の微笑みは本物であるにはいささか素敵すぎた。

「少ししてからあなたのアルバイト先に電話をしてみたんだけど、もうここにはいないって言われた」と彼女は言った。

木樽がいなくなったあと、仕事がひどく詰まらなく思えてきて、僕も二週間後にその店を辞めた。

栗谷えりかと僕は、それぞれが辿《たど》った十六年間の人生を手短に要約し合った。僕は大学を出て小さな出版社に就職したが、三年後にそこを辞め、あとはずっと一人でものを書く仕事をしている。二十七歳のときに結婚した。子供は今のところいない。彼女はまだ独身だった。仕事が忙しくて、さんざんこきつかわれて、とても結婚するような暇がなくてね、と彼女は冗談めかして言った。たぶんあれから数多くの恋を経験してきたのだろうと僕は推測した。彼女の漂わせている雰囲気にはそう思わせるところがあった。木樽の話を最初に持ち出したのは彼女の方だった。

「アキくんは今デンバーで鮨職人をしているの」と栗谷えりかは言った。

「デンバー？」

「コロラド州デンバー。少なくとも二ヶ月前に届いた葉書にはそう書いてあった」

「どうしてデンバーなんだ？」

「知らないわ」と栗谷えりかは言った。「その前に来た葉書はシアトルからで、そこでも鮨職人をしていた。それが一年くらい前のことよ。ときどき思い出したみたいに葉書を寄越すの。いつも馬鹿みたいな絵葉書で、文章はほんの少ししか書いていない。差出人の住所を書いてないことさえある」

「鮨職人」と僕は言った。「結局、木樽は大学にはいかなかったの？」

彼女は肯いた。「夏の終わり頃だったかな、大学受験するのはもうやめると突然言い出したの。こんなこといつまで続けていても時間の無駄だって。そして大阪にある調理学校に入ったの。関西料理を本格的に研究してみたいし、甲子園球場にも通えるからって。『そんなに大事なことを一人で勝手に決めて、大阪に行っちゃって、私のことはどうするつもりなの？』って訊いたわよ、もちろん」

「彼はなんて言った？」

彼女は黙っていた。ただ唇を固くまっすぐ結んでいた。何かを言いたそうではあったけれど、それを口にしたらそのまま涙がこぼれてしまいそうな様子だった。何があろうとその繊細なアイメイクを損なうわけにはいかない。僕はすぐに話題を変えた。

「君とこの前会ったときは、渋谷のイタリア料理店で安物のキャンティを飲んだよね。そして今日はナパ・ワインのテイスティングだ。考えてみれば不思議な巡り合わせだな」

「よく覚えている」と彼女は言った。そしてなんとか態勢を回復した。「あのときは二人でウディー・アレンの映画を見た。なんていうタイトルだっけ？」

僕はタイトルを教えた。

「あれはなかなか面白い映画だったな」

僕もそれに同意した。ウディー・アレンの最高傑作の一つだ。

「それで、あのとき君がつきあっていた同好会の先輩とはうまくいったの？」と僕は尋ねてみた。

彼女は首を振った。「残念ながらあまりうまくはいかなかった。なんていうのかな、今ひとつ気持ちが通じ合わなかったの。半年ほどつきあって別れた」

「ひとつ質問していい？」と僕は言った。「かなり個人的なことになるんだけど」

「いいわよ。私に答えられることなら」

「こんなことを訊いて、気を悪くしないでくれるといいんだけど」

「がんばってみる」

「君はその人とは寝ていたんだろう？」

栗谷えりかはびっくりしたように僕の顔を見た。両方の頰が少し赤くなった。

「ねえ、谷村くん、どうしてそんなことをここで言い出すの？」

「どうしてかな？」と僕は言った。「以前からそのことがちょっと気になってたんだ。でも、変なことを言い出して悪かった。すまない」

栗谷えりかは小さく首を振った。「いいのよ。なにも気を悪くしているわけじゃない。ただあまりに唐突にそんなことを言われたんで、少し驚いただけ。ずいぶん昔のことだもの」

僕はあたりをゆっくりと見回した。フォーマルな服に身を包んだ人々が、あちこちでティスティングのグラスを傾けていた。高級ワインの栓が次々に抜かれていた。若い女性ピアニストが『ライク・サムワン・イン・ラブ』を弾いていた。

「答えはイエス」と栗谷えりかは言った。「私は彼と何度かセックスした」

「好奇心と探求心と可能性」と僕は言った。

彼女はほんの少しだけ微笑んだ。「そう、好奇心と探求心と可能性」

「そのようにして僕らは年輪を作っていく」

「あなたがそう言うのなら」と彼女は言った。

「それで、君がその人と初めてそういう関係を持ったのはひょっとして、僕と渋谷でデートした少しあとのことじゃないかな？」

彼女は頭の中の記録のページを繰った。「そうね。あの一週間くらいあとのことだと思う。その前後のことはわりによく覚えている。それは私にとって初めてのそういう体験だったから」

「そして木樽は勘の良い男だよ」、僕は彼女の目を見ながらそう言った。

彼女は目を伏せ、ネックレスの真珠をしばらくのあいだ指でひとつひとつ順番にいじっていた。それがまだそこにちゃんとついていることを確かめるみたいに。それから何かに思い当たったように、小さくため息をついた。「そうね。たしかにあなたの言うとおりだわ。アキくんはかなり鋭い直観力を持っていた」

「でも結局、その相手とはうまくいかなかった」

彼女は肯いた。そして言った。「私は残念ながら頭がそれほど良くないの。だから回り道みたいなものが必要だったの。今でもまだ延々と回り道をし続けているのかもしれないけど」

僕らはみんな終わりなく回り道をしているんだよ。そう言いたかったが、黙っていた。決めの台詞《せりふ》を口にしすぎることも、僕の抱えている問題のひとつだ。

「木樽は結婚してるのかな？」

「私の知る限り、まだ独身よ」と栗谷えりかは言った。「少なくとも結婚したという知らせは受け取っていない。あるいは私たちは二人とも、うまく結婚できないようにできてしまっているのかもしれない」

「それともただ、それぞれに遠回りしているだけかもしれない」

「そうかもしれない」

「君たちがどこかで再会して、また一緒になるという可能性はないのかな？」

彼女は笑ってうつむき、小さく首を振った。その動作が何を意味するのか、僕にはよくわからなかった。そんな可能性はない、ということかもしれない。そんなことは考えてもしかたない、ということかもしれない。

「今でもまだ氷でできた月の夢を見る？」と僕は尋ねてみた。

彼女は何かに弾《はじ》かれたようにさっと顔を上げ、僕を見た。やがて微笑みが彼女の顔に広がっていった。とても穏やかに、必要なだけの時間をかけて。そしてそれは心からの自然な微笑みだった。

「その夢のこと、まだ覚えていたのね？」

「なぜかよく覚えている」

「他人の夢のことなのに？」

「夢というのは必要に応じて貸し借りできるものなんだよ、きっと」と僕は言った。僕はたしかに決めの台詞を口にしすぎるかもしれない。

「素敵な考え方ね」と栗谷えりかは言った。微笑みはまだ顔に残っていた。

誰かが背後から彼女に声をかけた。そろそろ仕事に戻る時間のようだった。

「もうそういう夢を見ることはない」と彼女は最後に言った。「でもその夢のことは今でもありありと覚えているわ。そこにあった情景、そのときの気持ち、そういうのは簡単に忘れられない。たぶんいつまでも」

そして栗谷えりかは僕の肩越しに、しばらくどこか遠くを眺めた。まるで氷でできた月を夜空に探すみたいに。それからさっと振り向いて、足速にどこかに行ってしまった。たぶん化粧室にアイメイクを直しにいったのだろう。

たとえば車を運転していて、カーラジオからビートルズの『イエスタデイ』が流れてきたりすると、木樽が風呂場で歌っていたあのへんてこな歌詞が、ふと頭に浮かんでくる。そしてあれをそっくりどこかにメモしておけばよかったな、と後悔することになる。あまりに不思議な歌詞だったので、しばらくのあいだはかなりしっかり覚えていたのだが、そのうちにあやふやになり、やがてほとんど忘れてしまった。思い出せるのは断片的な部分だけだし、それが正確に木樽が歌ったままであったかどうかも、今となっては定かではない。記憶は避けがたく作り替えられていくものだから。

二十歳前後の日々、僕は日記をつけようと何度か努力したのだが、どうしてもうまくいかなかった。当時は僕のまわりで次々にいろんなことが起こったし、それに追いついていくのがやっとで、立ち止まってそこで起こったものごとをいちいちノートに書き留めておくような余裕はとてもなかった。そしてそれらの大半は、「これはどうしても書き留めておかなくては」と思わせてくれるような種類の出来事ではなかった。僕としては、強い向かい風の中でなんとか目を開け、呼吸を整え、前に歩を進めていくのがやっとだった。

でも木樽のことは不思議なくらいよく覚えている。ほんの数ヶ月の間の友人に過ぎなかったのだが、ラジオから流れる『イエスタデイ』を耳にするたびに、彼にまつわるいろんな情景や会話が僕の頭に自然に蘇ってくる。田園調布の彼の家の風呂場で、二人であれこれ長い話をしたことを。阪神タイガース打線の抱えた問題点や、セックスの包含する面倒な諸要素や、受験勉強のくだらなさや、大田区立田園調布小学校の成り立ちや、おでんと関東炊きの思想的違いや、関西弁の語彙《ごい》の感情的豊かさについて語り合ったことを。そして彼に強く勧められるまま、栗谷えりかと一度きりの奇妙なデートをしたことを。栗谷えりかがイタリア料理店のキャンドルをはさんで僕に打ち明け話をしたことを。そんなとき、それらの出来事は、文字通り昨日起こったばかりのことのように感じられる。音楽にはそのように記憶をありありと、時には胸が痛くなってしまうほど克明に喚起する効用がある。

　でも自分が二十歳だった頃を振り返ってみると、思い出せるのは、僕がどこまでもひとりぼっちで孤独だったということだけだ。僕には身体や心を温めてくれる恋人もいなかったし、心を割って話せる友だちもいなかった。日々何をすればいいのかもわからず、思い描ける将来のビジョンもなかった。だいたいにおいて自分の内に深く閉じこもっていた。一週間ほとんど誰ともしゃべらないこともあった。そういう生活が一年ばかり続いた。長い一年間だった。その時期が厳しい冬となって、僕という人間の内側に貴重な年輪を残してくれたのかどうか、そこまでは自分でもよくわからないけれど。

　その当時、僕もやはり毎晩、丸い船窓から氷の月を見ていたような気がする。厚さ二十センチの、硬く凍りついた透明な月を。でも僕の隣には誰もいなかった。その月の美しさや冷ややかさを、誰かと共有することもできないまま、僕は一人きりでそれを見ていた。

昨日は／あしたのおとといで
おとといのあしたや

デンバーで（あるいは他のどこかの遠くの街で）木樽が幸福に暮らしていることを僕は願う。幸福とまでは言えなくても、少なくとも今日という日を不足なく、健《すこ》やかに送っていることを願う。明日僕らがどんな夢を見るのか、そんなことは誰にもわからないのだから。

独立器官

内的な屈折や屈託があまりに乏しいせいで、そのぶん驚くほど技巧的な人生を歩まずにはいられない種類の人々がいる。それほど多くではないが、ふとした折りに見かけることがある。渡会《とかい》医師もそんな一人だった。

そのような人々はまわりの屈曲した世界に、（言うなれば）まっすぐな自分を合わせて生きていくために、多かれ少なかれそれぞれに調整作業を要求されるわけだが、だいたいにおいて、自分がどれくらい面倒な技巧を用いて日々を送っているか、本人はそのことに気がついていない。自分はどこまでも自然体で、裏も細工もなく率直に生きていると頭から信じ切っている。そして彼らが何かの拍子に、どこかから差し込んできた特別な陽光に照らされ、自らの営みの人工性に、あるいは非自然性にはっと思い当たるとき、事態は時として悲痛な、また時として喜劇的な局面を迎えることになる。もちろん死ぬまでそんな陽光を目にすることもない、あるいは目にしてもとくに何も感じない、恵まれた（としか言いようのない）人々も数多く存在するわけだが。

僕が渡会という人物について当初知り得たことを、ここでひととおり記述しておきたい。その大半は僕が彼自身の口から直接聞いたことだが、彼の親しくしている――そして信頼するに足る――人々から集めた話も部分的に混じっている。あるいは僕が観察した彼の日頃の言動から、「きっとこういうことだろう」と個人的に推測したことも多少含まれている。ちょうど事実と事実との隙間を埋める柔らかなパテのようなかたちで。つまり僕が言いたいのは、まったく純粋な客観的事実だけでこのポートレイトが出来上がっているわけではないということだ。だから読者諸氏が、ここに述べられたことを裁判の証拠品みたいなかたちで、あるいは商取引のための裏付け資料として（それがどのような商取引なのか見当もつかないが）使用されることは、筆者としてはお勧めしかねる。

しかしそのまますずるずると後ずさりしてもらって（背後に崖がないことを前もって確かめていただきたい）、適度の距離をとってそのポートレイトを眺めていただければ、細部の微妙な真偽はそれほど重要な問題にはならないことが、おそらくおわかりになるはずだ。そしてそこには渡会医師という一個のキャラクターが、立体的かつ鮮明に浮かび上がってくるだろう——と少なくとも筆者は期待する。彼は要するに、どう言えばいいのだろう、「誤解を呼び込むスペース」をそれほど潤沢には持ち合わせない人物だった。

彼がわかりやすい単純な人物だったと言おうとしているわけではない。彼は少なくともある部分においては、複雑で複合的な、容易には把握しがたい人物だった。その意識下にどんな暗闇を抱え、背中にどんな原罪を負っているか、そんなことは僕にはもちろんわかりっこない。とはいえ、その行動の様式が一貫しているという文脈においては、彼の全体像を描くのは比較的容易であると言い切ってしまっていいのではないか。一人の職業的文章家として、いささか僭越《せんえつ》かもしれないが、そういう印象を当時の僕は持った。

渡会は五十二歳になるが、これまで結婚したことはない。同棲の経験すらない。麻布の瀟洒《しょうしゃ》なマンションの六階にある二寝室のアパートメントで一人暮らしを続けている。筋金入りの独身主義者といってもいいだろう。炊事も洗濯もアイロンがけも掃除も、家事はおおむね不足なくこなせるし、月に二度はプロフェッショナルのハウス・クリーニングを依頼する。もともと清潔好きの性格だし、家事をするのは苦痛ではない。必要に応じておいしいカクテルもつくれるし、肉じゃがからスズキの紙包み焼きまで、一通りの料理をつくることもできる（この手の料理人の大方がそうであるように、食材の購入に際して金に糸目をつけないから、基本的においしいものができあがる)。家の中に女性がいなくて不自由を感じたことも、一人でうちにいて退屈を持てあましたことも、独り寝を淋しいと思ったこともほとんどない。少なくともある時点まではなかった、ということだが。

職業は美容整形外科医。六本木で「渡会美容クリニック」を経営している。同じ職業の父親から引き継いだものだ。当然ながら女性たちと知り合う機会は何かと多い。決して美男とは言えないが、顔立ちはまずまず無難に整っているし(自らが整形手術を受けようと思ったことは一度もない)、クリニックの経営はきわめて順調で、高い年収を得ている。育ちも良く、物腰も上品で、教養もあり、話題も豊富だ。頭髪もまだしっかり残っているし(白髪は少し目立ち始めたが)、あちこちに多少の余分な肉はついてきたものの、熱心にジムに通って若い頃の体形をなんとか維持している。だから、こういう率直な物言いはあるいは世間の多くの人々から強い反感を買うことになるかもしれないが、これまで交際する女性に不自由したことはない。

渡会はなぜか若いうちから、結婚して家庭を持つということをまったく望まなかった。結婚生活は自分には向かないと妙にはっきり確信していた。だから結婚を前提とした男性との交際を求めている女性は、どれほど魅力的な相手であれ、最初から退《しりぞ》けるようにしていた。その結果、彼がガールフレンドとして選ぶ相手はおおむね人妻か、あるいは他に「本命」の恋人を持つ女性たちに限られることになった。そういう設定を維持している限り、相手が渡会と結婚したいと切望するような事態はまずもたらされない。もっとわかりやすく言えば、渡会は彼女たちにとって常に気楽な「ナンバー2の恋人」であり、便利な「雨天用ボーイフレンド」であり、あるいはまた手頃な「浮気の相手」だった。そして実を言えばそのような関係こそが、渡会が最も得意とし、最も心地良くなれる女性とのかかわり方だった。それ以外の、たとえばパートナーとしての責任分担が何らかの形で求められるような男女関係は、常に渡会を落ち着きの悪い気持ちにさせた。

彼女たちが自分だけではなく、他の男たちにも抱かれているという事実は、とくに彼の心を悩ませなかった。肉体なんて結局のところ、ただの肉体に過ぎないのだ。渡会は（主に医師という立場から）そう思っていたし、彼女たちもだいたい（主に女性という立場から）そう思っていた。自分と会っているときに、彼女たちが自分のことだけを考えてくれていれば、渡会としてはそれで十分だった。それ以外の時間に彼女たちが何を考え、何をしているかなんて、それはひとえに彼女たちの個人的問題であって、渡会がいちいち思いなすべき問題ではない。口出しするなどもってのほかだ。

渡会にとっては女性たちと食事を共にし、ワインのグラスを傾け、会話を楽しむこと自体がひとつの純粋な歓びだった。セックスはあくまでその延長線上にある「もうひとつのお楽しみ」に過ぎず、それ自体が究極の目的ではない。彼が求めるのは何よりもまず、魅力的な女性たちとの親密な、知的な触れあいだった。そのあとのことはそのあとのことだ。そんなわけで女性たちは自然に渡会に心惹かれ、彼と共にする時間を心置きなく楽しみ、その結果彼を進んで受け入れることになった。これはあくまで僕の個人的見解だが、世の中の多くの女性は（とりわけ魅力的な女性たちは）、セックスにがつがつしている男たちにいい加減食傷しているのだ。

これまでおおよそ三十年近く、何人くらいの女性たちとそういう関係を持ったか、数えておけばよかったかなと思うこともある。しかし渡会はもともと数量にはさして興味を持たない人間だ。彼が求めるのはあくまで質だった。また相手の容貌にはそれほどこだわりを持たなかった。職業的関心がかき立てられるほどの大きな欠点がなければ、あるいは見ているだけであくびが出るほど退屈でなければ、それで十分だった。容貌なんてその気になれば、そしてしかるべき金さえ積めば、ほとんどどのようにも変更できる（彼は専門家として、その分野における数多くの驚くべき実例を知っていた）。それより彼が高く評価するのは、頭の回転が速く、ユーモアの感覚に恵まれ、優れた知的センスを具《そな》えた女性たちだった。話題に乏しく、自分の意見というものを持ち合わせない女性たちは、容貌が優れていればいるほど、渡会の気持ちを挫《くじ》けさせた。どんな手術をもってしても知的スキルを向上させることはできない。機転の利《き》くスマートな女性たちを相手に、食事のあいだ会話を楽しみ、あるいはベッドの中で肌を触れ合わせながらとりとめなく楽しい話をする。そういう時間を渡会は人生の宝として慈《いつく》しんだ。

女性関係に関して深刻なトラブルを抱え込んだことは一度もない。どろどろした感情的な葛藤は、彼の好むところではなかった。何かの加減で、そのような不吉な黒雲が地平線近くに姿を見せ始めると、彼は手際よくスマートに、事をいささかも荒立てることなく、能《あた》う限り相手を傷つけないようなかたちで身を引いた。まるで影が、迫り来る夕闇に紛れ込むみたいに素早く自然に。彼はベテランの独身者として、そういう技術に精通していた。

ガールフレンドたちとの別れはほぼ定期的にやってきた。他に恋人のいる独身女性の多くはある時期がくると、「とても残念だけれど、あなたとはもう会えないと思う。近く結婚することになったから」と彼に告げた。彼女たちは三十歳になる少し前と、四十歳になる少し前に結婚を決意することが多かった。年末が近づくとカレンダーがよく売れるのと同じように。渡会はそのような通告を常に平静に、そして適度な哀しみを込めた微笑を浮かべて受け入れた。残念ではあるけれど、それはまあ仕方のないことだ。結婚という制度は、彼自身にはまったく向いていないにせよ、やはりそれなりに神聖なものだ。尊重しなくてはならない。

そういうときには、彼は値のはる結婚祝いを買ってやり、「結婚おめでとう。誰よりも幸せになってほしい。君は賢くてチャーミングな美しい女性だから、そうなるだけの権利がある」と祝福した。それはまた彼の正直な気持ちでもあった。彼女たちは（おそらく）純粋な好意から、渡会に素敵な時間を、彼女たちの人生の貴重な一部を与えてくれたのだ。それだけでも心から感謝しなくてはならない。彼にそれ以上の何を求めることができるだろう？

しかしそのようにしてめでたく神聖な結婚を遂げた女性たちのおおよそ三分の一は、何年かあとに渡会のところに電話をかけてきた。そして明るい声で「ねえ、渡会さん、よかったらまたどこかに遊びにいかない？」と誘った。そして彼らは再び心地よい、かつあまり神聖とは言いがたい関係を持つようになった。気楽な独身者同士から、独身者と人妻という少し込み入った（それだけにまた喜びの深い）関係に移行したわけだ。でも実際に二人がやることは――いくぶん技巧性が増しただけで――ほぼ同じだった。結婚をして会わなくなった女性たちの残りの三分の二は、もう連絡をしてこなかった。彼女たちはたぶん穏やかで満ち足りた結婚生活を送っているのだろう。優れた家庭婦人になり、子供も何人かつくったかもしれない。彼がかつて優しく愛撫した素敵な乳首から、今頃は赤ん坊に授乳しているかもしれない。渡会はそれはそれで嬉しく思った。

渡会の友人たちのほとんどは結婚していた。子供たちもいた。渡会は何度か彼らの家を訪れたが、うらやましいと感じたことはただの一度もない。子供たちは小さいうちはそれなりにまずまず可愛いのだが、中学生や高校生になるとほぼ例外なく大人たちを憎み、侮蔑するようになり、意趣返しのように困った問題を起こし、両親の神経と消化器を容赦なく痛めつけた。一方、親たちの頭にあるのは子供を名門校に入れることばかりで、学校の成績のことでいつも苛立っており、その責任のなすりつけあいで夫婦間の口論も絶えないようだった。子供たちは家ではろくすっぽ口もきかず、部屋に一人で籠もって級友たちと果てしなくチャットするか、得体の知れないポルノ・ゲームに耽《ふけ》るかしていた。そんな子供たちを自分も持ちたいという気持ちには、渡会はどうしてもなれなかった。「なんのかんのいっても、子供はいいものだぞ」と友人たちは口を揃えて言ったが、そんな売り文句は到底信用できるものではない。彼らはたぶん自分たちが背負っている重荷を、渡会にも背負わせたいだけなのだ。世界中の人間が自分たちと同じようなひどい目にあう義務があると、勝手に思い込んでいるだけなのだ。

僕自身はまだ若いうちに結婚し、以来切れ目なく結婚生活を維持してきたわけだが、たまたま子供はいないので、彼のそのような見解は（いささかの図式的偏見と修辞的誇張は見受けられるにせよ）ある程度まで理解できる。ほとんどそのとおりかもしれないとさえ思う。もちろんそんな悲惨なケースばかりではない。この広い世界には、子供と両親が終始良好な関係を保っている美しく幸福な家庭だって――だいたいサッカーのハットトリックくらいの頻度《ひんど》で――存在する。しかしこの僕にそういう少数の幸運な親の仲間入りができたかというと、そんな自信はまったくないし、渡会氏がそんな親になれるタイプだとも（とても）思えない。

誤解を恐れずひとことで表現してしまうなら、渡会は「人当たりの良い」人物だった。負けず嫌いなところとか、劣等感とか嫉妬心とか、過度の偏見やプライドとか、何かへの強いこだわりとか、鋭敏すぎる感受性とか、頑《かたく》なな政治的見解とか、そういう人格のバランスの安定を損ないかねない要素は、少なくとも表面的にはまったく目につかなかった。まわりの人々は彼の裏のない気さくな性格と、育ちの良い礼儀正しさと、明るく前向きな姿勢を愛した。そして渡会のそのような美質は、とりわけ女性たち――人類のおおよそ半分を占める――に対してより集中的に、効果的に向けられた。女性に対する細やかな思いやりと気配りは、彼のような職業の人間にとって欠くことのできない技能ではあったが、渡会の場合のそれは、必要に迫られて後天的に身についたテクニックではなく、持って生まれたナチュラルな資質であるらしかった。美しい声や、長い指なんかと同じように。そんなわけで（もちろんそれに加えて技術が確かなこともあって）、彼の経営するクリニックは繁盛していた。雑誌などに広告を出さなくても、予約は常にいっぱいだった。

おそらく読者諸氏もご存じのように、その手の「人当たりの良い」人物は往々にして人間として深みを欠き、凡庸で退屈であることが多い。しかし渡会の場合はそうではなかった。僕はいつも、週末にビールを飲みながら彼と過ごす一時間を楽しんだ。渡会は話がうまかったし、話題も豊富だった。彼のユーモアのセンスにはややこしい含みがなく、ストレートで実際的だった。美容整形についてのいろんな面白い裏話を聞かせてくれたし（もちろん守秘義務を侵さない程度に）、女性に関する数多くの興味深い情報を開示してくれた。しかしそういう話が下世話に流れることは一度もなかった。彼は彼女たちのことを常に敬意と愛情を込めて語ったし、特定の個人に結びつく情報はいつも注意深く伏せられていた。

「紳士とは、払った税金と、寝た女性について多くを語らない人のことです」とあるとき彼は僕に言った。

「それは誰の言葉ですか？」と僕は尋ねた。

「私が自分でつくりました」と渡会は表情を変えずに言った。「もちろん税金の話は、ときどき税理士相手にしなくちゃなりませんが」

渡会にとって、同時に二人か三人の「ガールフレンド」を持つのは当たり前のことだった。彼女たちはそれぞれに夫や恋人がいるので、そちらのスケジュールが優先されたし、当然のことながら彼の時間の取り分は少なくなる。だから何人かの恋人を同時にキープしておくのは、彼にとってはあくまで自然なことであり、とくに不誠実な行為には思えなかった。しかしもちろんそんなことは相手の女性たちには黙っておく。できるだけ嘘はつかないようにするが、開示する必要のない情報は開示しないでおくというのが、彼の基本的な姿勢だった。

渡会の経営するクリニックには、長年彼のために働いている優秀な男性秘書がいて、渡会のそういう込み入ったスケジュールを、熟練した空港の管制官のようにうまく調整してくれた。仕事上の段取りに加え、アフターアワーズの女性たちとの私的なスケジュールの調整も、いつの間にか彼の職務に含まれるようになっていた。彼は渡会のカラフルな私生活の細部をすべて把握しており、余計なことはいっさい口にせず、その多忙ぶりにいちいちあきれた顔もせず、飽くまで事務的に職務をこなした。女性たちとの約束が重なったりしないように、うまく交通整理をしてくれた。渡会が現在つきあっている女性たち一人一人の月経周期まで——にわかには信じがたいことだが——彼はおおよそ頭に入れていた。渡会が女性と旅行に行くときには、列車の切符を手配し、旅館やホテルの予約までとってくれた。もしその有能な秘書がいなかったら、まず間違いなく、渡会の華麗な私生活はこれほどまで華麗には運営されていなかったはずだ。彼は感謝の意味を込めて、機会あるごとにそのハンサムな秘書（もちろんゲイだった）に贈り物をした。

ガールフレンドたちと彼との関係が、その夫や恋人に露見して、重大な問題に発展したり、渡会が具合の悪い立場に立たされたりしたことは、幸いにしてまだ一度もなかった。彼はもともとが慎重な性格だったし、女性にもできるだけ用心深くなるように忠告していた。急いで無理をしないこと、同じパターンを続けないこと、嘘をつかなくてはならないときはなるべく単純な嘘をつくこと、その三つが彼のアドバイスの要点だった(それはおおむねかもめに空の飛び方を教えるようなものだったが、いちおう念には念を入れて)。

とはいえ、まったくトラブルと無縁であったわけではない。それだけの数の女性を相手に、長年にわたってかくも技巧的な関係を続けてきて、トラブルが皆無ということはいくらなんでもあり得ない。猿にだって枝を掴み損ねる日はやってくる。中にはいささか注意力の不足した女性もいて、その疑り深い恋人が彼のオフィスに電話をかけてきて、医師の私生活について、またその倫理性について疑問を呈したこともあった(彼の有能な秘書が言葉巧みに処理した)。あるいは彼との関係に深くのめり込み過ぎて、判断能力にいささかの混乱をきたした人妻もいた。その夫はたまたまかなり高名な格闘技の選手だった。しかしそれもなんとか大事には至らなかった。医師が肩の骨を折られるような不幸な事態はもたらされなかった。

「それはただ運がよかったというだけじゃないんですか」と僕は言った。

「たぶん」と彼は言って笑った。「たぶん私はついていたんでしょう。でもただそれだけじゃありません。私は頭の切れる人間だとはとても言えませんが、こういうことになると意外に機転が利くんです」

「機転が利く」と僕は言った。

「なんと言えばいいのか、危うくなりそうなところで、はっと智恵が働くというか……」、渡会は口ごもった。その実例が急に思い浮かばないようだった。あるいはそれは、口にするのがはばかられるようなことだったのかもしれない。

僕は言った。「機転といえば、フランソワ・トリュフォーの古い映画にこんなシーンがありました。女が男に言うんです。『世の中には礼儀正しい人間がいて、機転の利く人間がいる。もちろんどちらも良き資質だけど、多くの場合、礼儀正しさより機転の方が勝っている』って。その映画をごらんになったことはあります？」

「いいえ、ないと思います」と渡会は言った。

「彼女は具体例をあげて説明します。たとえばある男がドアを開けると、中では女性が着替えをしているところで、裸になっています。『失礼しました、マダム』と言ってすぐさまドアを閉めるのが礼儀正しい人間です。それに対して、『失礼しました、ムッシュー』と言ってドアをすぐさま閉めるのが機転の利く人間です」

「なるほど」と渡会は感心したように言った。「とても面白い定義だ。言わんとするところはよくわかります。私自身そんな状況に遭遇したことは何度かあります」

「そしてそのたびに機転を利かせて、うまく切り抜けることができた？」

渡会はむずかしい顔をした。「でも私はあまり自分を買いかぶりたくはありません。やはり基本的にツキに恵まれていたのでしょう。私は飽くまでツキに恵まれていた礼儀正しい男です。そう思っていた方が無難かもしれません」

いずれにせよ、渡会氏のそういうツキに恵まれた生活はおおよそ三十年にわたって続いた。長い歳月だ。そしてある日、彼は思いもよらず深い恋に落ちてしまった。まるで賢いキツネがうっかり落とし穴に落ちるみたいに。

彼が恋に落ちた相手は十六歳年下で、結婚していた。二歳年上の夫は外資系ＩＴ企業に勤めており、子供も一人いた。五歳の女の子だ。彼女と渡会がつきあうようになって一年半になる。

「谷村さんは、誰かのことを好きになりすぎまいと決心して、そのための努力をしたことはありますか？」と渡会があるとき僕に尋ねた。たしか夏の初めの頃だったと思う。

渡会と知り合って一年以上が経っていた。

そんな経験はなかったと思うと僕は答えた。

「私もそんな経験はありませんでした。でも今ではあります」と渡会は言った。「誰かを好きになりすぎないように努力している？」

「そのとおりです。ちょうど今、そういう努力をしているところです」

「どんな理由で？」

「きわめて単純な理由です。好きになりすぎると気持ちが切なくなるからです。つらくてたまりません。その負担に心が耐えられそうにないので、できるだけ彼女を好きになるまいと努めています」

彼は真剣にそう言っているようだった。その表情には日頃のユーモアの気配はうかがえなかった。

「具体的にはどんな風に努力するんでしょう？」と僕は尋ねた。「つまり、好きになりすぎないように」

「いろいろです。いろんなことを試してみます。でも基本的には、できるだけネガティブなことを考えるようにします。彼女の欠点を、というかあまり良くない点を思いつく限り抜き出して、それをリストにします。そして頭の中でマントラを唱えるみたいにそれを何度も何度も反復し、こんな女を必要以上に好きにはなるまいと自分に言い聞かせます」

「うまくいきました？」

「いや、あまりうまくはいきません」と渡会は首を振って言った。「彼女のネガティブなところがそれほどたくさん思いつけないということがひとつあります。またそういうネガティブな部分にさえ自分が強く心を惹かれているという事実があります。もうひとつには、自分の心にとって何が必要以上であり何がそうではないのか、それすら見分けられなくなっているということがあります。そういう仕切りの線がよく見えないんです。そんなとりとめない、見境のない気持ちを抱くのは生まれて初めてのことです」

これまでたくさんの女性とつきあってきて、そんな風に深く心が乱されたことは一度もなかったのかと僕は尋ねた。

「初めてです」と医師はあっさりと言った。それから古い記憶を奥の方から引っ張り出してきた。「そういえば高校生のとき、短いあいだですが、それに似た気持ちを味わったことはあります。誰かのことを考えると胸がしくしく痛んで、他にほとんど何も考えられなくなるような……。でもそれはあてもない片想いのようなものでした。でも今はそれとはまったく違います。私はもう立派な大人ですし、現実的に彼女と肉体関係を持っています。それなのに私はこうして混乱をきたしています。彼女のことを考え続けていると、なんだか内臓の機能までおかしくなってしまいそうです。主に消化器系と呼吸器系ですが」

渡会は消化器系と呼吸器系の具合を確かめるように、しばし沈黙を守った。

「話をうかがっていると、あなたは彼女を好きになりすぎまいと努力しつつ、同時に彼女を失いたくないと一貫して望んでもいるみたいですね」と僕は言った。

「ええ、そのとおりなんです。それはもちろん自己矛盾です。自己分裂です。私は正反対のことを同時に望んでいるんです。どれだけ努力してもうまくいきっこありません。でもどうしようもない。何にせよ彼女を失うわけにはいかないのです。もしそんなことになったら、私自身までどこかに失われてしまうことでしょう」

「でも相手は結婚していて、子供も一人いる」

「そのとおりです」

「それで、彼女は渡会さんとの関係についてどう考えているのですか?」

渡会は少し首を傾《かし》げ、言葉を選んでいた。「彼女が私との関係をどのように考えているか、それは推測するしかないし、推測は私の心を更に混乱させるだけです。ただ彼女は今の夫と離婚するつもりはないと明言しています。子供もいることだし、家庭を壊したくはないと」

「でもあなたとの関係は続けている」

「今のところ、私たちは機会を見つけて会っています。でも先のことはわかりません。彼女は夫に私との関係を知られることを恐れ、いつか私と会うことをやめてしまうかもしれません。あるいは実際に夫にそれを知られ、私たちは現実的に会えなくなってしまうかもしれない。それとも彼女はただ単純に、私との関係に飽きてしまうかもしれません。明日何が起こるか、まるでわからないんです」

「そしてそのことが渡会さんを何より怯《おび》えさせる」
「ええ、そんないくつかの可能性について思いを巡らせていると、他のどんなことも考えられなくなってしまいます。食べ物もろくに喉を通りません」

僕と渡会医師とはうちの近くにあるジムで知り合った。彼はいつも週末の午前中にスカッシュ・ラケットを抱えてそこにやってきて、そのうちに僕とも何ゲームか打ち合うようになった。彼は礼儀正しく、体力もあり、勝負へのこだわりもほどほどだったから、気楽にプレイを楽しむにはちょうど良い相手だった。僕の方が少し年上だったが、年代もほぼ同じだったし(これはしばらく前に起こった話だ)、スカッシュの腕も同じ程度だった。二人で汗だくになってボールの追い駆けっこをし、近くのビアホールに行って一緒に生ビールを飲んだ。育ちが良く、高い専門教育を受け、生まれてから金銭的な苦労をほとんどしたことがない人間の多くがそうであるように、渡会医師は基本的には自分のことしか考えていなかった。にもかかわらず彼は、前にも述べたように、楽しく興味深く会話ができる相手だった。

僕がものを書く仕事をしていることを知って、渡会は世間話ばかりではなく、少しずつ個人的な打ち明け話をするようになった。セラピストや宗教家と同じように、ものを書く人間も人の打ち明け話を聞く正当な権利を(あるいは責務を)有していると、彼は考えていたのかもしれない。彼ばかりではなく、僕はそれまでにも何度かいろんな人を相手に、同じような体験をしてきた。といっても、僕はもともと人の話を聞くのが嫌いではないし、とりわけ渡会医師の打ち明け話に耳を傾けるのは興趣が尽きなかった。彼は基本的に正直で率直で、自分をそれなりに公平に見ることができた。そして自分の弱点を人前にさらけ出すことをさほど怖がらなかった。それは世間の多くの人々が持ち合わせていない資質だった。

渡会は言った。「彼女より容貌の優れた女性や、彼女より見事な身体を持った女性や、彼女より趣味の良い女性や、彼女より頭の切れる女性とつきあったことは何度かあります。でもそんな比較は何の意味も持ちません。なぜなら彼女は私にとって特別な存在だからです。総合的な存在とでも言えばいいのでしょうか。彼女の持っているすべての資質が、ひとつの中心に向けてぎゅっと繋がっているんです。そのひとつひとつを抜き出して、これは誰より劣っているとか、勝っているとか、計測したり分析したりすることはできません。そしてその中心にあるものが私を強く惹きつけるのです。強力な磁石のように。それは理屈を超えたものです」

我々はフライドポテトとピックルスをつまみに「ブラック・アンド・タン」の大きなグラスを傾けていた。

「『逢ひ見ての　のちの心に　くらぶれば　昔はものを　思はざりけり』という歌がありますね」と渡会が言った。

「権中納言《ごんちゅうなごん》敦忠《あつただ》」と僕は言った。どうしてそんなことを覚えていたのか、自分でもよくわからないけれど。

「『逢ひ見て』というのは、男女の肉体関係を伴う逢瀬のことなんだと、大学の講義で教わりました。そのときはただ『ああ、そういうことなのか』と思っただけですが、こんな歳になってようやく、その歌の作者がどういう気持ちを抱いていたのか実感できるようになりました。恋しく想う女性と会って身体を重ね、さよならを言って、その後に感じる深い喪失感。息苦しさ。考えてみれば、そういう気持ちって千年前からひとつも変わっていないんですね。そしてそんな感情を自分のものとして知ることのなかったこれまでの私は、人間としてまだ一人前じゃなかったんだなと痛感しました。気づくのがいささか遅すぎたようですが」

そういうのは遅すぎるも早すぎるもないと思う、と僕は言った。たとえいくらか遅かったとしても、最後まで気づかないでいるよりはずっといいのではないか。

「でもこういう気持ちは、若いうちに経験しておけばよかったかもしれません」と渡会は言った。「そうすれば免疫抗体みたいなものも作られていたはずです」

そんなに簡単に割り切れるものでもないだろうと僕は思った。免疫抗体なんてできないまま、たちの悪い潜在的病根を体内に抱え込むようになった人を僕は何人か知っている。でもそれについては何も言わなかった。話が長くなる。

「彼女と交際するようになって一年半になります。彼女のご主人は仕事柄海外に出張旅行することが多く、そういうときに私たちは会って食事をして、それから私の部屋に来てベッドを共にします。彼女が私とこんな関係になったきっかけは、ご主人が浮気をしていたことがわかったからです。ご主人は彼女に謝って、相手の女とは別れるし、こんなことは二度としないと約束しました。でも彼女の気持ちはそれではおさまりません。彼女はいわば精神のバランスを取り戻すために、私と肉体的な関係を持つようになったのです。仕返しと言うと表現がきつくなりますが、そういう心の調整作業が女性には必要なんです。よくあることです」

そういうのがそんなによくあることなのかどうか、僕にはわからなかったが、とにかく黙って彼の話を聞いていた。

「私たちはずっと楽しく、気持ちよくやってきました。活気のある会話、二人だけの親密な秘密、時間をかけたデリケートなセックス。我々は美しい時間を共有できたと思っています。彼女はよく笑いました。彼女はとても楽しそうに笑うんです。でもそういう関係を続けてきて、次第に彼女のことを深く愛するようになり、後戻りができないようになってきて、それで最近よく考えるようになったんです。私とはいったいなにものなのだろうと」

最後の言葉を聞き逃した（あるいは聞き間違えた）ような気がしたので、もう一度繰り返してくれるように僕は頼んだ。

「私とはいったいなにものなのだろうって、ここのところよく考えるんです」と彼は繰り返した。

「むずかしい疑問だ」と僕は言った。

「そうなんです。とてもむずかしい疑問です」と渡会は言った。そしてむずかしさを確認するように何度か肯《うなず》いた。僕の発言にこめられた軽い皮肉はどうやら通じなかったようだった。

「私とはいったい何なのでしょう？」と彼は続けた。「私は美容整形外科の医師として、これまで何の疑問も持たずに仕事に励んできました。医科大学の形成外科で研修を受け、最初は父の仕事を助手として手伝い、父が目を悪くして引退してからは、私がクリニックの運営にあたってきました。自分で言うのもなんですが、外科医として腕は良い方だと思います。この美容整形という世界は実に玉石混淆でして、広告ばかり派手で、内実ずいぶんいい加減なことをしているところもあります。しかしうちは終始良心的にやってきましたし、顧客との大きなトラブルを起こしたことは一度もありません。私はそのことにプロフェッショナルとしての誇りを持っています。私生活にも不満はありません。

友だちも多くいますし、身体も今のところ問題なく健康です。生活を私なりに楽しんでいます。しかし自分とはいったいなにものなのだろう、最近になってよくそう考えるんです。それもかなり真剣に考えます。私から美容整形外科医としての能力やキャリアを取り去ってしまったら、今ある快適な生活環境が失われてしまったら、そして何の説明もつかない裸の一個の人間として世界にぽんと放り出されたら、この私はいったいなにものになるのだろうと」

渡会はまっすぐ僕の顔を見ていた。何かしらの反応を求めるように。

「なぜ急にそんなことを考えるようになったんですか?」と僕は尋ねた。

「そう考えるようになったのは、ナチの強制収容所についての本を少し前に読んだせいもあると思います。そこに戦争中にアウシュヴィッツに送られた内科医の話が出てきました。ベルリンで開業医をしていたユダヤ系市民が、ある日家族と共に逮捕され、強制収容所に送られます。それまでの彼は家族に愛され、人々に尊敬され、患者には頼られ、瀟洒《しょうしゃ》な邸宅で満ち足りた暮らしをしてきました。犬を何匹か飼い、週末にはアマチュアのチェリストとして、友人たちとシューベルトやメンデルスゾーンの室内楽を演奏しました。穏やかに豊かに人生を楽しんでいたわけです。しかし一転して生き地獄のような場所に放り込まれます。そこでは彼はもう豊かなベルリン市民ではなく、尊敬される医師でもなく、ほとんど人間でさえありません。家族からも離され、野犬同然の扱いを受け、食べ物さえろくに与えられません。高名な医師であることを所長が知っていて、ある程度役に立つかもしれないという理由で、とりあえずガス殺こそ免《まぬが》れましたが、明日のことはわかりません。看守の気分ひとつで、あっさり棍棒で殴り殺されてしまうかもしれません。他の家族はおそらく既に殺されてしまっているでしょう」

彼は少し間を置いた。

「私はそこではっと思ったんです。この医師の辿《たど》った恐ろしい運命は、場所と時代さえ違えば、そのまま私の運命であったのかもしれないのだと。もし私が何かの理由で――どんな理由かはわかりませんが――今の生活からある日突然引きずり下ろされ、すべての特権を剝奪され、ただの番号だけの存在に成り下がってしまったら、私はいったいなにものになるのだろう? 私は本を閉じて考え込んでしまいました。美容整形外科医としての技術と信用を別にすれば、私は何の取り柄もない、何の特技も持たない、ただの五十二歳の男です。いちおう健康ではありますが、若いときより体力は落ちています。激しい肉体労働に長くは耐えきれないでしょう。私が得意なことと言えば、おいしいピノ・ノワールを選んだり、顔の利くレストランや鮨屋やバーを何軒か知っていたり、女性にプレゼントする洒落《しやれ》た装身具を選べたり、ピアノが少し弾けたり(簡単な楽譜なら初見で弾けます)、せいぜいそれくらいです。でももしアウシュヴィッツに送られたら、そんなもの何の役にも立ちません」

僕は同意した。ピノ・ノワールについての知識も、素人ピアノ演奏も、洒落た話術も、そういう場所ではおそらく何の役にも立つまい。

「失礼ですが、谷村さんはそんな風に考えたことありませんか？　もし自分からものを書く能力が取り去られたら、自分はいったいなにものになるのだろうと？」

僕は彼に説明した。僕は出発点が「なにものでもない一介の人間」であり、丸裸同然で人生を開始した。ちょっとした巡り合わせでたまたまものを書き始め、幸運にもなんとかそれで生活できるようになった。だから自分が何の取り柄もなく特技もない、ただの一介の人間であることを認識するために、わざわざアウシュヴィッツ強制収容所みたいな大がかりな仮定を持ち出す必要はないのだ、と。

渡会はそれを聞いてしばし真剣に考え込んでいた。そういう考え方が存在すること自体が、彼にはどうやら初耳であるようだった。

「なるほど。そういう方が人生として、あるいは楽なのかもしれませんね」

なにものでもない人間が丸裸で人生をスタートするというのは、それほど楽なこととも言えないのではないかと、僕は遠慮がちに指摘した。

「もちろんです」と渡会は言った。「もちろんおっしゃるとおりです。何もないところから人生を始めるのは、それは相当きついことでしょう。私はそういう面では人より恵まれていたと思います。でもある程度の年齢になり、自分なりのライフ・スタイルみたいなものも身につき、社会的地位もいちおうできて、そうなってから自分という人間の価値に深い疑念を抱くようになるのは、別の意味合いでこたえるものです。自分がこれまでに送ってきた人生が、まったく意味を持たない、無駄なものであったように思えてきます。若いときならまだ変革の可能性がありますし、希望を抱くこともできます。でもこの歳になると、過去の重みがずしりとのしかかってきます。簡単にやり直しがききません」

「ナチの強制収容所についての本を読んだことがきっかけになって、そういうことを真剣に考え始められたわけですね」と僕は言った。

「ええ、書かれている内容に、奇妙なくらい個人的なショックを受けたんです。それに加えて彼女との先行きが不鮮明なこともあり、私はしばらくのあいだ軽い中年鬱のような状態に陥っていました。自分とはいったいなにものなのだろう、ずっとそればかり考え込んでいました。でもどれだけ考えたところで、出口らしきものは見つかりません。同じところをぐるぐる回っているだけです。これまで愉しくやってきたいろんなことが、どうやっても面白くありません。運動をしたいとも思わないし、服を買う気も起きないし、ピアノの蓋《ふた》を開けることさえ億劫《おっくう》です。食事をとろうという気持ちにもなりません。じっとしていると、頭に浮かぶのは彼女のことばかりです。仕事でクライアントを相手にしているときでさえ、彼女のことを考えてしまいます。思わず彼女の名前を口にしてしまいそうになります」

「その女性とはどれくらい頻繁に会うんですか？」

「そのときによってまったく違います。ご主人のスケジュール次第なんです。それも私がつらく感じることのひとつです。彼が長い出張旅行に出ているときには続けて会います。そういうとき彼女は子供を実家に預けるか、ベビーシッターを雇ったりします。しかしご主人が日本にいると、何週間も会えなくなります。そういう時期はかなりこたえます。彼女にもうこのまま二度と会えないんじゃないかと思うと、陳腐な表現で申し訳ないのですが、身体がまっ二つに引き裂かれるようです」

僕は黙って彼の話に耳を傾けていた。彼の言葉の選択は月並みではあったが、陳腐には聞こえなかった。むしろ逆にリアルなものとして響いた。

彼はゆっくり息を吸い込み、それを吐いた。「私にはだいたい常に複数のガールフレンドがいました。あきれられるかもしれませんが、多いときには四人か五人の女性がいました。誰かと会えない時期には別の女性と会っていました。そうしてけっこう気楽にやっていました。でも彼女に強く心を惹かれるようになってから、他の女性たちには不思議なくらい魅力を感じなくなったんです。他の女性と会っていても、彼女の面影がいつも頭のどこかにあります。それをよそに追いやることができません。まさに重症です」

重症、と僕は思った。渡会が電話をかけて救急車を呼んでいる光景が目に浮かんだ。

「もしもし、救急車を至急お願いします。まさに重症なんです。呼吸が困難で、今にも胸がまっ二つに張り裂けそうで……」

彼は続けた。「ひとつの大きな問題は、彼女を知れば知るほど、ますます彼女のことを好きになっていくということです。一年半こうしてつきあっていますが、一年半前より今の方が、ずっと深く彼女にのめり込んでいます。今では彼女の心と私の心が何かでしっかり繫げられてしまっているような気がします。彼女の心が動けば、私の心もそれにつれて引っ張られます。ロープで繫がった二艘のボートのように。綱を切ろうと思っても、それを切れるだけの刃物がどこにもないのです。こういうのもこれまでに一度も味わったことのない感情です。それが私を不安にさせます。このままどんどん気持ちが深まっていったら、自分はいったいどうなってしまうんだろうと」

「なるほど」と僕は言った。しかし渡会はもっと実質のある返答を求めているようだった。

「谷村さん、私はいったいどうすればいいんでしょうね？」

僕は言った。どうすればいいのか、具体的な対策まではわかりかねるが、でも話を聞いている限り、今あなたが心に感じていることは、どちらかといえばまともで筋の通ったことに僕には思える。恋をするというのはそもそもそういうことなんです。自分で自分の心がコントロールできなくなり、理不尽な力に振り回されているみたいに感じる。つまりあなたは何も世間常識から外れた異様な体験をしているわけじゃない。ただ一人の女性に真剣に恋をしているだけだ。愛している誰かを失いたくないと感じている。いつまでもその相手と会っていたい。もし会えなくなったら、そのまま世界が終わってしまうかもしれない。それは世間でしばしば見受けられる自然な感情です。不思議でもなく特異でもない、ごく一般的な人生のひとこまです。

渡会医師は腕組みをし、僕の言ったことについてまたひとしきり考えを巡らせていた。もうひとつ話がうまく呑み込めないようだった。ひょっとしたら「ごく一般的な人生のひとこま」というものが、概念として彼には理解し辛かったのかもしれない。あるいは実際にそれは、「恋をする」という行為から少しばかり逸脱したことだったのかもしれない。

ビールを飲み終え、帰り際になって、彼はこっそりと打ち明けるように言った。「谷村さん、私が今いちばん恐れているのは、そして私をいちばん混乱させるのは、自分の中にある怒りのようなものなんです」

「怒り？」と僕は少しびっくりして言った。それは渡会という人物にはいかにも似合わない感情であるように思えたからだ。「それは何に対する怒りですか？」

渡会は首を振った。「私にもわかりません。彼女に対する怒りでないことは確かです。

でも彼女に会っていないとき、会えないでいるとき、そういう怒りの高まりを自分の内側に感じることがあります。それが何に対する怒りなのか、自分でもうまく把握できません。でもこれまでに一度も感じたことのないような激しい怒りです。部屋の中にあるものを、手当たり次第に窓から放り出したくなります。椅子やらテレビやら本やら皿やら額装された絵やら、何もかもを。それが下を歩いている人の頭にぶつかって、その人が死んだってかまうものかと思います。馬鹿げたことですが、そのときは本気でそう思うんです。今のところはもちろんそういう怒りをコントロールできます。本当にそんなことはしやしません。でもいつかそれをコントロールできなくなる日がやってくるかもしれない。そのせいで誰かを本当に傷つけてしまうかもしれません。私にはそれが怖いんです。それならむしろ、私は自分自身を傷つけることの方を選びます」

それについて僕がどんなことを言ったのか、よく覚えていない。たぶん差し障《さわ》りのない慰めの言葉を口にしたのだと思う。彼の言うその「怒り」がいったい何を意味しているのか、何を示唆しているのか、そのときの僕にはよく理解できなかったから。もっときちんとしたことが言えればよかったのかもしれない。しかしたとえ僕がきちんとしたことを口にできていたとしても、彼がその後辿った運命が変わることはおそらくなかっただろう。そんな気がする。

我々は勘定を払い、店を出てそれぞれの家に戻った。彼はラケット・バッグを抱えてタクシーに乗り込み、車の中から僕に手を振った。それが僕が最後に見た渡会医師の姿になった。まだ夏の暑さが残っている九月の終わり近くのことだ。

その後、渡会はジムに姿を見せなくなった。僕は彼に会うために週末になるとジムに寄ってみたのだが、彼はいなかった。まわりの人々も彼の消息を知らなかった。でもジムではそういうことはしばしばある。ずっと顔を見せていた人が、ある日からまったくやってこなくなる。ジムは職場ではない。来るも来ないも個人の自由だ。だから僕もさして気にしなかった。そのようにして二ヶ月が過ぎた。

十一月末の金曜日の午後、渡会の秘書から電話がかかってきた。彼の名前は後藤といった。低く滑らかな声で彼は話した。その声は僕にバリー・ホワイトの音楽を思い出させた。真夜中にFM番組でよくかかるような音楽を。

「急にこんなことを電話で申し上げるのは心苦しいのですが、渡会は先週の木曜日に亡くなり、今週の月曜日に身内だけで密葬がとりおこなわれました」

「亡くなられた?」と僕は呆然として言った。「たしか二ヶ月前、最後にお目にかかったときはお元気そうでしたが、いったい何があったのですか?」

電話の向こうで後藤は少し沈黙した。それから口を開いた。「実を申しますと、渡会から生前、谷村さんにお渡ししてくれと言われて預かっているものもあります。厚かましいお願いですが、どこかで短くお会いすることはできませんか？　そのときに詳しいことをお話しできると思います。私の方はいつでもどこにでも参上します」

今日これからではどうかと僕は言った。それでかまわないと後藤は言った。僕は青山通りの一本裏の通りにあるカフェテリアを指定した。時刻は六時。そこでならゆっくりと邪魔されずに静かに話をすることができる。後藤はその店を知らなかったが、場所は簡単に調べられると思うと言った。

僕が六時五分前にそのカフェテリアに行ったとき、彼は既に席に着いており、近づいていくと素速く立ち上がった。電話での声の低さから、がっしりとした体格の男を想像していたのだが、実物は背の高い痩《や》せた男だった。渡会から聞いていたとおり、顔立ちはなかなかハンサムだった。茶色のウールのスーツを着て、真っ白なボタンダウン・シャツに暗い芥子《からし》色のネクタイをしめていた。隙のない着こなしだ。長めの髪もきれいに整えられている。前髪が気持ちよさそうに額に落ちかかっている。年齢は三十代半ば、渡会からゲイだと聞いていなければ、ごく普通の身だしなみの良い青年（彼はまだ青年の面影をしっかりと残していた）にしか見えなかった。髭《ひげ》も濃そうだった。彼はダブルのエスプレッソを飲んでいた。

僕は後藤と簡単な挨拶を交わし、やはりダブル・エスプレッソを注文した。

「ずいぶん急な亡くなり方だったのですね」と僕は尋ねた。

青年は正面から強い光をあてられたように目を細めた。「ええ、そうです。とても急な亡くなり方でした。驚くほど。でもそれと同時にひどく時間のかかる、痛々しい亡くなり方でもありました」

僕は黙って更なる説明を待った。しかし彼はまだしばらく——おそらく僕の飲み物が運ばれてくるまで——医師の死について詳細を語りたくはないようだった。

「僕は渡会先生を心から尊敬していました」と青年は話題を変えるように言った。「医師としても、人間としても、ほんとに素晴らしい方でした。いろんなことを親切に教えていただきました。十年近くクリニックで働かせてもらっていますが、もしあの方に巡り合わなかったら、今ある僕はないと思います。裏表のないまっすぐな人でした。いつもにこやかで、威張ったりもせず、分け隔《へだ》てなくまわりに気を配り、みんなに好かれていました。先生が誰かの悪口を言うのをただの一度も聞いたことがありません」

そういえば僕も、彼が誰かのことを悪く言うのを耳にしたことはなかった。

「渡会さんはあなたのことをよく話していましたよ」と僕は言った。「もしあなたがいなかったら、クリニックもうまく経営していけないし、私生活もひどいことになってしまうだろうと」

僕がそう言うと、後藤は淋しげな淡い笑みを口もとに浮かべた。「いいえ、僕はそんな大した人間じゃありません。裏方として、できる限り渡会先生の役に立ちたいと思っていただけです。そのために僕なりに一生懸命努力しました。それが喜びでもありました」

エスプレッソが運ばれてきて、ウェイトレスが行ってしまうと、彼はようやく医師の死について語り始めた。

「最初に気づいた変化は、先生が昼食をとらなくなったことでした。それまでは毎日お昼休みに、たとえ簡単なものであれ、必ず何かしらを口にしておられました。どれだけ仕事が忙しくても、こと食事に関しては几帳面な方だったんです。ところがあるときから、お昼にまったく何も口にされないようになりました。『何か召し上がらないと』と勧めても、『気にしなくていい、食欲がないだけだから』と言われました。それが十月の初めのことです。その変化は僕を不安にさせました。というのは先生は、日々の決まった習慣を変えることを好まない人だったからです。日常の規則性を何より重んじておられました。昼食をとらなくなっただけではありません。いつの間にかジム通いもやめてしまわれました。週に三日はジムに通って、熱心に水泳をしたり、スカッシュをしたり、筋肉トレーニングをしておられたのですが、そういうことにすっかり興味を失ってしまったみたいです。それから身だしなみにも気を遣われないようになりました。清潔好きでお洒落な方だったのですが、何と言えばいいのか、身なりが次第にだらしなくなってきました。何日も同じ服を続けて着ていることもありました。そしていつも何かを深く考え込んでおられるようで、だんだん無口になり、やがてほとんど口をきかなくなり、放心状態に陥ることが多くなりました。私が話しかけても、まるで聞こえないようでした。またアフターアワーズに女性と交際することもなくなってしまいました」

「あなたがスケジュール管理をしていたから、そういう変化はよくわかったのですね？」

「おっしゃるとおりです。とくに女性と交際することは先生にとって、重要な日々のイヴェントでした。いわば活力の源であったわけです。それが急にまったくのゼロになってしまうというのは、どう考えても尋常なことではありません。五十二歳というのはまだ老け込む年齢ではありません。渡会先生が女性に関してかなり積極的な人生を送っておられたことは、おそらく谷村さんもご存じですよね？」

「そういうことをとくに包み隠さない人だったから。つまり、自慢するというのではなく、あくまで率直であったという意味で」

後藤青年は肯いた。「ええ、そういう面ではとても率直な方でした。僕もよくいろんな話を聞かされました。だからこそ僕は、先生のそのような突然の変化に少なからずショックを受けたのです。先生は僕にはもう何ひとつ打ち明けてくれません。どんなことがあったにせよ、それを自分一人だけの秘密として内側に抱え込んでいました。もちろん僕は尋ねてみました。何かまずいことがあったのですか、何か心配事でもあるのですかと。しかし先生は首を横に振るばかりで、心の内を明かしてはくれません。ほとんど口さえきいてもらえません。ただ僕の目の前で日々痩せ衰えていくだけです。満足に食事をとっていないことは明らかです。しかし僕には、先生の私生活に勝手に足を踏み込むことはできません。先生は気さくな性格ではありますが、ご自分の私的エリアには簡単に人を招き入れない方でした。僕も長く個人秘書のようなことをしてきましたが、これまで先生の住まいに入ったことはたった一度しかありません。何か大事な忘れ物を取りに行かされたときだけです。そこに自由に出入りできるのは、たぶん親しく交際している女性たちだけです。僕としては遠くからやきもき推測しているしかありませんでした」

後藤はそう言ってもう一度小さくため息をついた。親しく交際している女性たちに対する諦めの気持ちを表明するみたいに。

「日々、目に見えて痩せ衰えていった？」と僕は尋ねた。

「そうです。目が落ちくぼみ、顔が紙のように色を失っていきました。足取りもよろよろしてまともに歩けなくなり、メスも持っていられないようになりました。もちろん手術なんてできる状態じゃありません。幸い腕の良いアシスタントがいたものですから、彼が当座、先生の代わりに執刀するようになりました。でもそんなことをいつまでも続けるわけにはいきません。僕はあちこちに電話をかけて、入っていた予約を片端からキャンセルし、クリニックは実質的に休業状態に近づいていきました。やがて先生はクリニックにまったく姿を見せないようになりました。十月も終わりの頃のことです。先生の住まいに電話をかけても誰も出ません。まる二日間連絡が取れない状態が続きました。僕は先生のアパートメントの鍵を預かっていたので、三日目の朝、それを使って先生の部屋に入りました。本当はそんなことをしてはいけないのですが、なにしろ心配でたまらなかったのです。

ドアを開けると、部屋の中はひどい匂いがしました。床には見渡す限り、いろんなものが散らかっていました。衣類も脱ぎっぱなしです。スーツから、ネクタイから、下着まで。何ヶ月も片づけられていなかったみたいに見えました。窓は閉めっきりで空気が淀《よど》んでいました。そして先生はベッドに入って、ただじっと静かに横になっていました」

青年はしばらくその光景を思い出しているようだった。目を閉じ、そして小さく首を振った。

「僕は一目見たとき、先生がもう亡くなっているのかと思いました。一瞬心臓が止まりそうになりました。しかしそうではありません。先生は痩せこけた青白い顔をこちらに向け、目を開けて僕を見ていました。ときどき瞬きをしました。ひっそりとではありますが、一応呼吸もしていました。ただ首まで布団をかぶって動かずにいるだけです。声をかけてみましたが、反応はありません。乾いた唇はまるで縫いつけられたみたいに、固く閉じられています。髭がずいぶん伸びていました。僕はとりあえず窓を開け、部屋の空気を入れ換えました。何か緊急に措置をとらなくてはならないということもなさそうだし、見たところ本人が苦しんでいる様子もないので、ひとまず部屋の中を片づけることにしました。それくらいひどい荒れようだったのです。散らかっている衣類を拾い集め、洗濯機で洗えるものは洗い、クリーニング屋に出すべきものは袋に入れてまとめました。風呂に入れっぱなしになっていた淀んだ水を落とし、浴槽を洗いました。水垢が線になってこびりついているところを見ると、かなり長いあいだ水は入れっぱなしになっていたようでした。清潔好きの先生にしてはあり得ないことです。どうやら定期的なハウス・クリーニングも断っていたらしく、すべての家具に白い埃がたまっていました。ただ意外なことに、台所の流しには汚れ物がほとんど見当たりませんでした。とてもきれいな状態です。つまり長いあいだ台所をろくに使っていなかったということです。ミネラル・ウォーターのボトルがいくつも転がっているだけで、何かを食べた形跡はありません。冷蔵庫を開けてみると、言いようのないひどい匂いがしました。冷蔵庫の中に入れっぱなしになっていた食品が悪くなっていました。豆腐や野菜や果物や牛乳やサンドイッチやハムや、そんなものです。僕はそれらを大きなビニールのゴミ袋に詰め、マンションの地下にあるゴミ置き場に持っていきました」

青年は空になったエスプレッソのカップを手にとって、角度を変えながらしばらく眺めていた。それから目を上げて言った。

「部屋を元通りに近い状態にするのに三時間以上かかったと思います。そのあいだずっと窓を開けっ放しにしていたので、不快な匂いもだいたいなくなりました。それでも先生はまだ口をききません。僕が部屋の中を動き回るのをただ目で追っているだけです。痩せ細っているぶん、両目がいつもよりずっと大きく艶《つや》やかに見えました。でもその目にはどのような感情もうかがえません。その目は僕を見ていながら、実は何も見てはいないんです。どう言えばいいのでしょう。それは動きのあるものに焦点を合わせるように設定された自動カメラのレンズみたいに、ただ何かの物体を追っているだけなのです。それが僕であるかどうか、僕がそこで何をしているのか、そんなことは先生にとってもうどうでもいいことなんです。それはとても哀しい目でした。僕はその目をこの先、一生忘れることができないでしょう。

それから僕は電気剃刀《かみそり》を使って、先生の髭を剃りました。濡れたタオルで顔も拭きました。まったく抵抗はしません。何をしてもただなされるままになっていただけです。そのあとで僕はかかりつけの医者に電話をかけました。事情を説明すると医者はすぐにやってきました。そして診察し、簡単な検査をしました。そのあいだも渡会先生はまったく口をききません。ただその感情を込めていない虚《うつ》ろな目で、じっと私たちの顔を見ているだけです。

なんと言えばいいのでしょうか、こんな表現は不適当かもしれませんが、先生はもう生きている人のようには見えませんでした。本当は地中に埋められ、断食をしたままミイラになっていなくてはならないはずの人が、煩悩《ぼんのう》を振り払えず、ミイラになりきれずに地上に這い出してきた、そんな感じでした。ひどい言い方だと思います。でもそれがそのときに私がまさに感じたことなのです。魂はもう失われてしまっている。それが戻ってくる見込みもない。なのに身体器官だけはあきらめきれずに独立して動いている。そういう感じでした」

青年はそこで何度か首を振った。

「申し訳ありません。僕は長い時間をかけすぎているみたいです。話を短くします。簡単に言ってしまえば、渡会先生は拒食症のようなものにかかっていたのです。ほとんど食べ物を口にせず、飲み水だけで生命を保っていました。いや、正確には拒食症というのではありません。ご存じのように拒食症にかかるのはだいたいすべて若い女性です。美容のため、痩せることが目的で食事をあまりとらないようになり、そのうちに体重を減らすことが自己目的化し、ほとんど何も食べないようになります。極端な話、体重がゼロになることが彼女たちの理想になります。ですから中年の男性が拒食症になることなんて、まずありません。しかし渡会先生の場合、現象的にはまさにそれだったのです。もちろん先生は美容のためにそんなことをしていたわけではありません。彼が食事をとらないようになったのは、僕は思うのですが、本当に文字通り、食べ物が喉を通らなくなったからです」

「恋煩《わずら》い？」と僕は言った。

「たぶんそれに近いものです」と後藤青年は言った。「あるいはそこにはまた、自分がゼロに近づいていくことへの願望があったかもしれません。先生は自分を無にしてしまいたかったのかもしれません。そうでもなければ、飢餓の苦痛はとても普通の人に我慢できるものではありませんから。自分の肉体がゼロに接近していく喜びが、その苦痛に勝っていたのかもしれません。拒食症に取りつかれた若い女性がおそらくは、体重を減らしながらそう感じるのと同じように」

僕は渡会がベッドに横たわり、一途な恋心を抱きながらミイラのように痩せ細っていく様子を想像してみた。しかし陽気で健康で美食家で身だしなみの良い彼の姿しか、僕には思い浮かべられなかった。

「医者は栄養注射をし、看護婦を呼んで点滴の用意をしました。しかし栄養注射なんてたかがしれたものですし、点滴だって本人が外そうと思えばいくらでも外せます。僕も四六時中、枕元に付き添っているわけにはいきません。無理に何かを食べさせても吐いてしまうだけです。入院させようにも、本人がいやがるのを無理に連れて行くわけにもいきません。その時点で渡会先生は生き続ける意志を放棄し、自分を限りなくゼロに近づけようと決心していました。まわりで何をしたところで、どれだけ栄養注射を打ったところで、その流れを食い止めることはできません。飢餓が彼の身体を貪《むさぼ》っていく様を、ただ手をこまねいて眺めているしかありません。それは心痛む日々でした。何かをしなくてはならないのですが、実際には何もできません。救いといえば、先生がほとんど苦痛を感じていないらしいということくらいです。少なくともその日々、彼が苦痛の表情を浮かべたのを僕が目にしたことはありません。僕は毎日先生の住まいに行って、郵便物をチェックし、掃除をし、ベッドに寝ている先生の横に座ってあれこれと話しかけました。業務上の報告をしたり、世間話をしたり。でも先生はやはり一言も口をききません。反応らしきものもありません。意識があるのかどうかすらわかりません。ただじっと黙って、表情を欠いた大きな目で僕の顔を見つめているだけです。その目は不思議なほど透き通っていました。向こう側まで見えてしまいそうなくらい」

「女性とのあいだに何かがあったのでしょうか？」と僕は尋ねた。「夫と子供のいる女性とかなり深く交際していたという話をご本人から聞きましたが」

「そうです。先生はしばらく前から、その女性と本気で真剣にかかわるようになっていました。常日頃の気軽な遊びの関係ではなくなっていたということです。そしてその女性との間に、何か深刻なことが起こったようでした。そしてそのせいで、先生は生きる意志をなくしてしまわれたようです。僕はその女性の家に電話をかけてみました。でも女性は出ず、ご主人が電話に出ました。僕は『クリニックの予約のことで奥様とお話したいのですが』と言いました。彼女はもううちにはいないとご主人は言いました。どこに電話をすれば彼女と話せるだろうかと僕は尋ねてみました。そんなことは知らないとご主人は冷ややかに言って、そのまま電話を切ってしまいました」

彼はまた少し黙り込んだ。それから言った。

「長い話を短くしますと、僕はそのあと彼女の居所をなんとかつきとめました。彼女は夫と子供を残して家を出て、他の男と暮らしていました」

僕は一瞬、言葉を失った。最初のうち話の筋がうまく摑《つか》めなかった。それから言った。

「つまりご主人も、渡会さんも、どちらも彼女に袖《そで》にされた?」

「簡単に言えばそういうことです」と青年は言いにくそうに言った。そして軽く顔をしかめた。「彼女には第三の男がいました。細かいいきさつはわかりませんが、どうやら年下の男のようです。あくまで個人的な意見ですが、あまり褒められた種類の男ではないだろうという気配があります。その男と駆け落ちするように、彼女は家を出ていったのです。渡会先生はいわば便利な、踏み石的な存在に過ぎなかったみたいですね。そして都合良く利用もされたようです。先生がその女性にけっこうなお金を注ぎ込んでおられた形跡があります。銀行預金やクレジットカードの決済を調べると、かなり不自然な、多額のお金の動きがあったことがわかりました。おそらく高価な贈り物とかにお金を使われたのではないでしょうか。あるいは借金を申し込まれていたかもしれません。そのへんの使途については明確な証拠も残されていませんし、詳細は不明ですが、とにかくその短期間に引き出されたお金はまとまった額になります」

僕は重いため息をついた。「それはずいぶん参っただろうな」

青年は肯いた。「たとえばもし、その相手の女性が『やはり夫や子供とは離れることはできない。だからあなたとの関係はもうここできっぱり解消したい』ということで先生を切ったのであれば、まだ耐えられたと思うんです。彼女のことをこれまでになく本気で愛しておられたようですから、もちろん深く落胆はしたでしょうが、自らを死に向かって追い詰めていくことまではしなかったはずです。話の筋さえ通っていれば、どれだけ深い底まで落ちても、またいつか浮かび上がってこられたでしょう。しかしこの第三の男の出現は、そして自分が体《てい》よく利用されていたという事実は、先生には相当に厳しい打撃であったようです」

僕は黙って話を聞いていた。

「亡くなったとき、先生の体重は三十キロ台半ばまで落ちていました」と青年は言った。「普段は七十キロを超えていた人ですから、半分以下の体重になっていたのです。潮が引いた海岸の岩場のように、あばら骨が浮かび上がっていました。目を背《そむ》けたくなるような姿でした。それは僕に昔記録映画で見た、ナチの強制収容所から救出されたばかりの、ユダヤ人の囚人の痩せ衰えた姿を思い出させました」

強制収容所。そう、彼はある意味では正しい予見を持っていたのだ。自分とはいったいなにものなのだろう、最近になってよくそう考えるんです。

青年は言った。「医学的に言えば、直接の死因は心不全です。心臓が血液を送り出す力を失ってしまったのです。でも僕に言わせれば、それは恋する心がもたらした死です。文字通りの恋煩いです。僕は何度も彼女に電話をかけ、事情を説明してお願いしました。まさに平身低頭して懇願したんです。一度でいいから、ほんの短い時間でもいいから、渡会さんに会いにきていただけませんか。このままでは先生はとても生命がもたないでしょう。でも彼女はやってきませんでした。もちろんその女性が目の前に姿を見せたら、先生が死なずにすんだとまでは思いません。先生は既に死ぬ覚悟を決めていました。でもひょっとしたら、そこで奇跡のような何かが起こったかもしれません。あるいは先生はもっと違う気持ちを抱いて死んでいけたかもしれません。それとも彼女の姿は先生をただ混乱させただけかもしれません。それは先生の心を余計に苦しめることになったかもしれません。そのへんはよくわかりません。正直言って、この件に関して僕にはよくわからないことばかりです。でもわかっていることがただひとつあります。それは恋するあまり食べ物が喉を通らなくなり、それで実際に命を落とした人なんて世間にはまずいないということです。そう思いませんか？」

僕は同意した。たしかにそんな話は他に耳にしたことがない。そういう意味では渡会さんはきっと特別な人だったのだろう。僕がそう言うと、後藤青年は両手で顔を覆い、しばらくのあいだ声を出さずに泣いた。彼は渡会医師のことが心から好きだったようだ。慰めてやりたかったが、実際に僕にできることは何もなかった。少しあとで彼は泣きやみ、ズボンのポケットから清潔な白いハンカチを出して涙を拭った。

「申し訳ありません。つまらないところをお見せしました」

誰かのために泣くのはつまらないことじゃないと僕は言った。とくに亡くなった大事な人のためであれば。後藤青年は僕に礼を言った。「ありがとうございます。そう言っていただけると、少し救われます」

彼はテーブルの下からスカッシュ・ラケットのケースを取って、僕に差し出した。ケースの中にはブラックナイトの新製品が入っていた。高級品だ。

「これを渡会先生から預かりました。予約通販で注文されていたのですが、届いたときには先生にはもうスカッシュをするような気力はなくなっていました。谷村さんに差し上げてくれと頼まれました。先生は最期に近くなって、唐突に一時的に意識を取り戻されたみたいに、必要なことをいくつか私に言い残しました。このラケットのこともそのひとつです。もしよろしければお使いになって下さい」

僕は礼を言ってラケットを受け取った。そしてクリニックはどうなったのかと尋ねてみた。

「とりあえず休業中ですが、早晩閉鎖するか、あるいは居抜きの形で売却することになると思います」と彼は言った。「もちろん事務の引き継ぎもありますし、僕もまだしばらくはお手伝いをさせていただくことになりますが、その後のことはまだ決めていません。僕にも少しばかり心の整理が必要です。今のところ、まともにものが考えられないような状態が続いています」

その青年がショックから立ち直り、これからの人生をうまく生きていくことを僕は願った。別れ際に彼は言った。

「谷村さん、厚かましいようですが、ひとつ僕からお願いがあります。どうか渡会先生のことをいつまでも覚えていてあげて下さい。先生はどこまでも純粋な心を持った方でした。そして僕は思うのですが、僕らが死んだ人に対してできることといえば、少しでも長くその人のことを記憶しておくくらいです。でもそれは口で言うほど簡単ではありません。誰にでもお願いできることではありません」

そのとおりだと僕は言った。死んだ誰かのことを長く記憶しているのは、人が思うほど容易《たやす》いことではない。できるだけ彼のことを思い出すように努める。僕はそう約束した。渡会医師の心が実際にどこまでも純粋であったのかどうか、それは僕には判断しかねるところだが、彼がある意味、普通ではない人物であったのは確かなことだし、記憶しておくだけの意味はあるだろう。そして我々は握手をして別れた。

そのようなわけで、言うなれば渡会医師のことを忘れないために、僕はこの文章を書いている。僕にとっては文章にして残しておくことが、何かを忘れないための最も有効な手段だからだ。関係者に迷惑をかけないために、名前や場所は少しずつ変えてあるが、出来事自体はほぼそのとおり、実際にあったことだ。後藤青年がどこかでこの文章を読んでくれればと思う。

渡会医師に関して、もうひとつよく覚えていることがある。どのような流れでそんな話になったのか、今となっては思い出せないのだが、あるとき彼は僕に向かって女性全般についてひとつの見解を口にした。

すべての女性には、嘘をつくための特別な独立器官のようなものが生まれつき具わっている、というのが渡会の個人的意見だった。どんな嘘をどこでどのようにつくか、それは人によって少しずつ違う。しかしすべての女性はどこかの時点で必ず嘘をつくし、それも大事なことで嘘をつく。大事でないことでももちろん嘘はつくけれど、それはそれとして、いちばん大事なところで嘘をつくことをためらわない。そしてそのときほとんどの女性は顔色ひとつ、声音《こわね》ひとつ変えない。なぜならそれは彼女ではなく、彼女に具わった独立器官が勝手におこなっていることだからだ。だからこそ嘘をつくことによって、彼女たちの美しい良心が痛んだり、彼女たちの安らかな眠りが損なわれたりするようなことは——特殊な例外を別にすれば——まず起こらない。

彼にしては珍しくきっぱりした口調だったので、そのときのことはよく記憶している。僕も渡会氏のその意見には、基本的に賛同せざるを得ないわけだが、そこに含まれた具体的なニュアンスはいくぶん違っているかもしれない。たぶん僕と彼はそれぞれ異なった、個別的な登攀《とうはん》ルートを辿って、あまり心楽しくもない同じ山頂にたどり着いたということになるのだろう。

彼は死を前にして、自分のその見解が間違っていなかったことを、おそらくは歓びもなく確認していたに違いない。言うまでもないことだが、僕は渡会医師をとても気の毒に思う。彼の死を心から悼む。食を断ち、飢餓に苛《さいな》まれて死んでいくのはずいぶん覚悟のいったことだろう。肉体的にも精神的にも、その苦しみは察するに余りある。しかし同時に、自らの存在をゼロに近づけてしまいたいと望むほど深く一人の女性を——それがどんな女性であったかはさておき——彼が愛せたということを僕はある意味、羨ましく思わなくもない。もしそうしようと思えば、彼はこれまでどおりの技巧的な人生を継続し、まっとうすることだってできたのだ。同時に何人もの女性たちと気軽に交際し、芳醇《ほうじゅん》なピノ・ノワールのグラスを傾け、居間のグランド・ピアノで『マイ・ウェイ』を弾き、都会の片隅で心地良い情事を楽しみ続けることもできたのだ。にもかかわらず彼は食べ物も喉を通らなくなるほど痛切な恋に落ち、まったく新しい世界に足を踏み入れ、今まで見たこともない光景を目にし、その結果自らを死に向けて追い立てることになった。後藤青年の言葉を借りるなら、無に近接させていくことになった。どちらの人生が彼にとって真の意味で幸福だったのか、あるいは本物であったのか、僕には判断できない。その年の九月から十一月にかけて渡会医師の辿った運命は、後藤青年にとってそうであるのと同じように、僕にとってもやはりわからないことだらけなのだ。

僕はまだスカッシュを続けているが、渡会が亡くなったあと、引っ越しをしたせいもあってジムを変えた。新しいジムではだいたい専属のパートナーを相手にすることにしている。料金はかかるが、その方が気楽といえば気楽だ。渡会医師からもらったラケットはほとんど使っていない。僕には少し軽すぎるという理由もある。そしてその軽さを手に感じると、どうしても痩せ衰えた彼の身体を思い浮かべてしまうことになる。

彼女の心が動けば、私の心もそれにつれて引っ張られます。ロープで繋がった二艘のボートのように。綱を切ろうと思っても、それを切れるだけの刃物がどこにもないのです。

彼は間違ったボートに繋がれていたのだと、我々はあとになって思う。しかしそんなに簡単に言い切ってしまえることだろうか？　思うのだが、その女性が（おそらくは）独立した器官を用いて嘘をついていたのと同じように、もちろん意味あいはいくぶん違うにせよ、渡会医師もまた独立した器官を用いて恋をしていたのだ。それは本人の意思ではどうすることもできない他律的な作用だった。あとになって第三者が彼らのおこないをしたり顔であげつらい、哀しげに首を振るのは容易い。しかし僕らの人生を高みに押し上げ、谷底に突き落とし、心を戸惑わせ、美しい幻を見せ、時には死にまで追い込んでいくそのような器官の介入がなければ、僕らの人生はきっとずいぶん素っ気ないものになることだろう。あるいは単なる技巧の羅列に終わってしまうことだろう。

　自ら選んだ死の間際に渡会が何を考え、思いなしていたのか、もちろん知るすべもない。しかしその深い苦悩と苦痛の中にあっても、たとえ一時的にではあるにせよ、僕に未使用のスカッシュ・ラケットを遺《のこ》すことを伝えるだけの意識は戻せたようだ。あるいは彼は何かしらのメッセージをそれに託したのかもしれない。自分がなにものであるか、末期近くになって彼には答えらしきものが見えてきたのかもしれない。そして渡会医師はそのことを僕に伝えたかったのかもしれない。そういう気もする。

シェエラザード

羽原《はばら》と一度性交するたびに、彼女はひとつ興味深い、不思議な話を聞かせてくれた。『千夜一夜物語』の王妃シェエラザードと同じように。もちろんお話とは違って、夜が明けたら彼女の首を刎《は》ねようというようなつもりは羽原には毛頭ない（だいたい彼女が朝まで彼の隣にいたことは一度もなかった）。彼女はただ自分がそうしたいから、羽原のために話をしてくれたのだ。ずっと一人で家にこもっていなくてはならない羽原を慰めるつもりもあったのだろう。しかしそれだけではなく、というかおそらくはそれ以上に、ベッドの中で男性と親密に話をする行為そのものが彼女は好きだったのだろう——とりわけ性行為を終えたあとの二人きりの気怠《けだる》い時間に——と羽原は推測した。

羽原はその女をシェエラザードと名付けた。彼女の前ではその名前は口にしなかったが、毎日つけている小さな日誌には、彼女がやってきた日には、「シェエラザード」とボールペンでメモしておいた。そしてその日彼女が語ってくれた話の内容も簡単に——あとで誰かに読まれても意味がわからない程度に——記録しておいた。

彼女の語る話が実際にあったことなのか、まったくの創作なのか、それとも部分的に事実で部分的に作り話なのか、羽原にはわからない。その違いを見分けることは不可能だった。そこでは現実と推測、観察と夢想が分かちがたく入り乱れているらしかった。だから羽原はその真偽をいちいち気にかけることなく、ただ無心に彼女の話に耳を傾けることにした。本当であれ嘘であれ、あるいはそのややこしい斑《まだら》であれ、その違いが今の自分にどれほどの意味を持つというのだ？

何はともあれ、シェエラザードは相手の心を惹きつける話術を心得ていた。どんな種類の話であれ、彼女が話すとそれは特別な物語になった。口調や、間の取り方や、話の進め方、すべてが完璧だった。彼女は聴き手に興味を抱かせ、意地悪くじらせ、考えさせ推測させ、そのあとで聴き手の求めるものを的確に与えた。その心憎いまでの技巧は、たとえ一時的であるにせよ、聴き手にまわりの現実を忘れさせてくれた。しがみつくように残ったいやな記憶の断片を、あるいはできれば忘れてしまいたい心配事を、濡れた雑巾で黒板を拭うようにきれいに消し去ってくれた。それだけでもう十分ではないか、と羽原は思った。というか、それこそが何にも増して今の羽原の求めていることだった。

シェエラザードは三十五歳、羽原より四歳年上で、基本的には専業主婦で（看護師の資格を持ち、ときどき必要に応じて仕事に呼ばれるようだったが）、小学生の子供が二人いた。夫は普通の会社に勤めている。家はここから車で二十分ほどのところにある。少なくともそれが彼女が羽原に教えてくれた、自らについての情報の（ほとんど）すべてだった。それが偽りのない事実なのかどうか、もちろん羽原に確かめようはない。とはいえそれを疑わなくてはならない理由もとくに見当たらない。名前は教えてもらえなかった。私の名前なんてべつに知る必要もないでしょう、とシェエラザードは言った。たしかにそのとおりだ。彼女は彼にとってはあくまで「シェエラザード」であり、それでとりあえず不便はなかった。

女も羽原の名前――もちろんそれを知っているはずだが――を呼んだことはない。それを口にすることが不吉で不適切なおこないであるかのように、彼女は慎重に彼の名前を迂回した。

シェエラザードの外見は、どのようなひいき目で見ても、『千夜一夜物語』に出てくる美貌の王妃とは似ても似つかなかった。彼女は身体のあちこちに（まるで隙間をパテで埋めるみたいに）贅肉が付着し始めた地方都市在住の主婦で、見るところ中年の領域に着実に歩を進めつつあった。顎がいくぶん厚くなり、目の脇にはくたびれた皺が刻まれていた。髪型も服装も化粧も、おざなりとまではいかずとも、さして感心できる代物ではない。顔立ち自体は決して悪くはないのだが、そこには焦点のようなものが見当たらず、とりとめのない印象しか人に与えなかった。通りですれ違っても、エレベーターで乗り合わせても、大方の人は彼女に目を留めないだろう。あるいは彼女も十年前は生き生きとした可愛い娘だったのかもしれない。何人かの男たちは振り返って彼女を見たかもしれない。しかしもしそうであったとしても、そのような日々はどこかの時点で既に幕を下ろしていた。そしてその幕がもう一度持ち上がる気配は、今のところ見受けられなかった。

シェエラザードは週に二度のペースで「ハウス」を訪れた。曜日は決まっていないが、週末にやってくることはなかった。おそらく週末は家族と過ごす必要があるのだろう。姿を見せる一時間前に必ず電話がかかってきた。彼女は近所のスーパーマーケットで食品の買い物をし、それを車に積んでやってきた。マツダの青い小型車だ。古いモデルで、リア・バンパーに目立つへこみがあり、ホイールは汚れで真っ黒になっている。彼女は車を「ハウス」の駐車スペースに停め、ハッチバックの扉を開けて買い物袋を出し、両手にそれを抱えてドアベルを押した。羽原は覗き穴から相手を確認し、ロックを解錠し、チェーン錠を外し、ドアを開けた。彼女はそのまま台所に行って、持参した食品を仕分けして冷蔵庫にしまった。そして次に来るときの買い物リストを作った。有能な主婦であるらしく、仕事はいかにも手際よく、動きに無駄がなかった。用事を片付けている間はほとんど口をきかず、生真面目な顔を崩さなかった。

彼女がその作業を終えると、どちらが言い出すともなく、まるで目に見えない海流に運ばれるように、二人は自然に寝室へと移動した。シェエラザードはそこで無言のまま手早く着衣を脱ぎ、羽原と一緒にベッドに入った。二人はほとんど口もきかずに抱き合い、まるで与えられた課題を協力してこなすように、一通りの手順を踏んで性交した。生理期間中であれば、彼女は手を使って目的を果たした。その手際のよい、いくぶん事務的な手つきは、彼女が看護師の資格を持っていることを彼に思い出させた。

セックスが終わると、二人は横になったまま話をした。とはいっても話すのは専ら《もっぱ》彼女の方で、羽原はそれに適当に相づちを打ったり、たまに何か短い質問をするだけだった。そして時計の針が四時半を指すと、シェエラザードは話が途中であってもそこで切り上げ（なぜかいつも話が佳境《かきょう》に入ったところでその時刻がやってきた）、ベッドを出て、床に散らばった服を集めて着込み、帰り支度をした。夕食の支度をしなくてはならないから、と彼女は言った。

羽原は玄関口で彼女を見送り、ドアにまたチェーン錠をかけ、汚れた青い小型車が去って行くのをカーテンの隙間から見ていた。六時になると冷蔵庫の中の食材を使って簡単な食事を作り、一人で食べた。しばらくコックをしていたこともあり、彼にとって食事を作ることはまったく苦痛ではない。食事のときにペリエを飲み（アルコールは一切口にしない）、そのあとはコーヒーを飲みながらＤＶＤの映画を見るか、本を読むかした（彼は読むのにできるだけ時間がかかり、何度も読みかえす必要がある本を好んだ）。他にこれといってすることもない。話をする相手もいない。電話をかける相手もいない。コンピュータは持っていないから、インターネットにアクセスすることはできない。新聞もとっていないし、テレビ番組も見ない（それにはもっともな理由がある）。もちろん外に出ることもできない。もし何らかの事情で、シェエラザードがもうここを訪れることができなくなったら、彼は外界との連絡を一切絶たれ、文字通り陸の孤島に一人で取り残されてしまうことになる。

でもそのような可能性は羽原をさして不安にはさせなかった。それはおれが自分一人の力で処理しなくてはならない状況だ。むずかしい状況だが、なんとかそれを切り抜けていくだろう。おれは一人で孤島にいるわけではない、と羽原は思った。そうではなく、おれ自身が孤島なのだ。一人でいることに彼はもともと慣れていた。彼の神経は一人きりになってもそれほど簡単には折れない。羽原の心を乱していたのは、そうなったらもうシェエラザードとベッドの中で話ができなくなるということだった。もっと端的に言えば、彼女の語ってくれる物語の続きが聞けなくなることだった。

「ハウス」に落ち着いてからしばらくして、羽原は髭《ひげ》を伸ばし始めた。もともと髭は濃い方だ。顔の印象を変えるという目的ももちろんあったが、それだけではない。髭を伸ばし始めた主な理由は、なにしろ手持ちぶさただったからだ。髭があれば、しょっちゅう顎やもみあげや鼻の下に手をやって、その感触を楽しむこともできた。鋏《はさみ》や剃刀《かみそり》を使って形を整えることで時間を潰すこともできた。これまでそんなことには気づかなかったけれど、髭を伸ばしているだけで意外に退屈が紛れるものなのだ。

「私の前世はやつめうなぎだったの」とあるときシェエラザードはベッドの中で言った。とてもあっさりと、「北極点はずっと北の方にある」と告げるみたいにこともなげに。

やつめうなぎがどんな格好をしたどんな生き物なのか、羽原はまったく知識を持たなかった。だからとくにそれに対して感想は述べなかった。

「やつめうなぎがどうやって鱒《ます》を食べるか知っている？」と彼女は尋ねた。

いや、知らない、と羽原は言った。やつめうなぎが鱒を食べるなんていうこと自体初耳だった。

「やつめうなぎには顎がないの。そこが普通のうなぎとは大きく違っている」

「普通のうなぎには顎があったっけ？」

「鰻をちゃんと見たことないの？」とあきれたように女は言った。

「ときどき食べるけど、顎まではなかなか見る機会はない」

「今度どこかでよく見てみるといいわ。水族館とかに行って。普通のうなぎには顎もあるし、ちゃんとした歯もついている。でもね、やつめうなぎには顎がまったくないの。

そのかわり口が吸盤みたいになっている。その吸盤で河や湖の底の石にくっついて、逆さになってゆらゆらと揺れているの。水草みたいに」

羽原は水底でたくさんのやつめうなぎが水草のように揺れているところを想像した。それはなんとなく現実離れした光景だった。とはいえ現実が往々にして現実離れしていることを羽原は知っていた。

「やつめうなぎは実際に水草にまぎれて暮らしているの。そこにこっそり身を隠している。そして頭上を鱒が通りかかると、するすると上っていってそのお腹に吸い付くの。吸盤でね。そして蛭《ひる》みたいに鱒にぴったりくっついて寄生生活を送る。吸盤の内側には歯のついた舌のようなものがあって、それをやすりのようにごしごしと使って魚の体に穴を開け、ちょっとずつ肉を食べるの」

「あまり鱒になりたくないな」と羽原は言った。

「ローマ時代にはやつめうなぎの養殖池がほうぼうにあって、言うことをきかない生意気な奴隷たちが生きたままそこに投げ込まれ、やつめうなぎたちの餌にされたということだけど」

ローマ時代の奴隷にもなりたくない、と羽原は思った。もちろんどんな時代の奴隷にだってなりたくないけれど。

「小学生の頃、水族館で初めてやつめうなぎを見て、その生態の説明文を読んだとき、私の前世はこれだったんだって、はっと気がついたの」とシェエラザードは言った。「というのは、私にははっきりとした記憶があるの。水底で石に吸い付いて、水草にまぎれてゆらゆら揺れていたり、上を通り過ぎていく太った鱒を眺めたりしていた記憶が」

「鱒を齧《かじ》った覚えはない？」

「それはない」

「よかった」と羽原は言った。「やつめうなぎだった頃について覚えているのはそれだけ？　ゆらゆら水底で揺れていたことだけ？」

「前世のことって、全部すらすらと思い出せるわけじゃないから」と彼女は言った。「うまくいけば、何かの拍子にそのほんの一部だけが思い出せる。あくまで突発的に、小さな覗き穴から壁の向こうを覗くみたいにね。そこにある光景のほんの一画しか見ることはできない。あなたは自分の前世のことが何か思い出せる？」

「何も思い出せない」と羽原は言った。正直なところ前世のことを思い出したいという気持ちもなかった。今ここにある現実だけで手一杯だ。

「でも湖の底にいるのはなかなか悪くなかったな。口で石にぎゅっと吸い付いて、逆さになって、上を通り過ぎる魚たちを見ているの。すごく大きなすっぽんも見たことがある。下から見上げているとそれは、『スター・ウォーズ』に出てくる悪い宇宙船みたいに暗くて巨大だった。嘴《くちばし》の長くて鋭い大きな白い鳥たちが、殺し屋のように魚たちを襲っていた。鳥たちは水底から見ると、青空を流れる雲のようにしか見えなかった。私たちは深いところで水草の中に隠れていたから、鳥たちからは安全だったけれど」

「君にはそういう光景が見えるんだ」

「とてもありありと」とシェエラザードは言った。「そこにあった光とか、水の流れの感触とか。そのとき自分が考えていたことまで思い出せる。ときにはその光景に入っていくこともできる」

「考えていたこと？」

「そう」

「君はそこで何かを考えていたんだ」

「もちろん」

「やつめうなぎはどんなことを考えるんだろう？」

「やつめうなぎは、とてもやつめうなぎ的なことを考えるのよ。やつめうなぎ的な主題を、やつめうなぎ的な文脈で。でもそれを私たちの言葉に置き換えることはできない。それは水中にあるもののための考えだから。赤ん坊として胎内にいたときと同じよ。そこに考えがあることはわかるんだけど、その考えをこの地上の言葉で表すことはできない。そうでしょ？」

「ひょっとして君は、胎内にいたときのことを思い出せるの？」と羽原は驚いて言った。

「もちろん」とシェエラザードはこともなげに言った。そして彼の胸の上で首を僅かに傾《かし》げた。「あなたは思い出せないの？」

思い出せないと羽原は言った。

「じゃあ、いつかその話をしてあげる。私が胎児だった頃の話を」

羽原はその日の日誌には「シェエラザード、やつめうなぎ、前世」と記録しておいた。もし他人がそれを目にすることがあっても、何のことだかわけがわからないだろう。

羽原がシェエラザードと初めて会ったのは四ヶ月前だ。羽原は北関東の地方小都市にある「ハウス」に送られ、近くに住む彼女が「連絡係」として羽原の世話をすることになった。彼女の役目は外に出ることのできない羽原のために、食料品や様々な雑貨の買い物をし、それを「ハウス」に運ぶことだった。読みたい本や雑誌、聴きたいＣＤなどを彼の希望に応じて買ってきてくれたりもした。映画のＤＶＤを適当に見つくろって持ってきてくれることもあった（その選択の基準は羽原には今ひとつ呑み込めなかったのだが）。

そしてシェエラザードは、羽原がそこに落ち着いた翌週から、ほとんど自明のこととして彼をベッドに誘った。避妊具も最初から用意されていた。そういうのもあるいは彼女に指示された「支援活動」のひとつなのかもしれない。いずれにせよそれは一連のものごとの流れの中で滑《なめ》らかに、戸惑いもためらいもなく相手から持ち出されたことであり、彼もその手順にあえて逆らいはしなかった。誘われるままにベッドに入り、事態の筋道もよくわからないままにシェエラザードの身体を抱いた。

彼女とのセックスは情熱的と呼べるほどのものではなかったが、かといって終始実務的というのでもなかった。たとえそれが与えられた（あるいは強く示唆《しさ》された）役目として始められたことであったにせよ、ある時点から彼女はその行為に――たぶん部分的であるにせよ――それなりの喜びを見いだせるようになったらしかった。彼女の肉体が見せる反応の微妙な変化から、羽原はそのことを感じとったし、それを少なからず嬉しくも思った。なんといっても彼は檻に入れられた荒ぶれた動物ではなく、微妙な感情を具《そな》えた一個の人間なのだから。性欲を処理することだけを目的とした性行為は、ある程度必要なこととはいえ、さして心愉しいものではない。とはいえシェエラザードが彼との性行為のどの部分までを自分の職務と見なし、どこからを個人的な領域に属する行動と見なしているのか、その分け目を見定めることが羽原にはできなかった。

セックスのことだけではない。彼女が羽原のためにやってくれるすべての日常的おこないの、どこまでが決められた職務であり、どこからが個人的な好意から発したものなのか（だいたいそれが好意と呼べるものなのかどうか）、羽原には判断できない。いろんな側面において、シェエラザードは感情や意図の読み取りにくい女だった。たとえば彼女はだいたいいつもシンプルな素材の、飾りのない下着をつけていた。普通の三十代の主婦が日常的に身につけるであろう――それまで三十代の主婦と交際した経験を持たない羽原にはあくまで推測するしかないわけだが――種類のものだ。どこかの量販店のセールで買ってきたような品だ。しかし日によってひどく凝ったデザインの、男を誘うような下着を身につけてくることもあった。どこで買ってくるのかは知らないが、それらはどう見ても高級品のようだった。美しい絹や、精緻なレースや、深い色を使ったデリケートなものだった。そのような極端なまでの落差がいったいどのような目的や事情から生まれるのか、羽原にはさっぱり理解できなかった。

もうひとつ彼を戸惑わせたのは、シェエラザードとの性行為と、彼女の語る物語とが分かちがたく繋がり、一対になっているという事実だった。どちらかひとつだけを単体として抜き出すことはできなかった。とくに心を惹かれているのでもない相手との、さほど情熱的とも言えない肉体関係に、このようなかたちで自分が深く結びつけられている――あるいはしっかり縫いつけられている――というのは、羽原がかつて経験したことのない状況だったし、それは彼に軽い混乱をもたらした。

「十代の頃のことだけど」とある日、シェエラザードはベッドの中で打ち明けるように言った。「私はときどきよその家に空き巣に入っていたの」

羽原は――彼女の話がおおかたの場合そうであるように――適切な感想を口にすることができなかった。

「あなたは空き巣に入ったことってある？」

「ないと思う」と羽原は乾いた声で言った。

「あれって、一度やるとけっこうクセになるみたい」

「でも違法行為だ」

「そのとおりよ。見つかれば警察に逮捕される。家宅侵入プラス窃盗（あるいは窃盗未遂）というのは、けっこうな重罪なのよ。でもね、まずいとはわかっていても、病みつきになってしまう」

羽原は黙って話の続きを待った。

「他人の留守宅に入っていちばん素敵なのは、なんといっても静かなことね。なぜかはわからないけど、本当にひっそりしているのよ。そこは世界中でいちばん静かな場所かもしれない。そんな気がした。そんなしんとした中で、一人で床に腰を下ろしてただじっとしていると、自分がやつめうなぎだった頃に自然に立ち戻ることができた」とシェエラザードは言った。「それは素敵な気分だった。私の前世がやつめうなぎだったっていう話は前にしたわよね、たしか？」

「聞いている」

「あれと同じなの。私は水底の石に吸盤でぴたりと吸い付いて、尻尾を上にして、ゆらゆらと水に揺れている。まわりの水草と同じように。あたりは本当に静かで、物音は何ひとつ聞こえない。それとも私には耳がついていないのかもしれない。晴れた日には水面から光が、矢のようにまっすぐ差し込んでくる。その光はときどきプリズムのようにきらきらと割れる。いろんな色や形の魚たちが頭上をゆっくりと通り過ぎていく。そして私は何も考えていない。というか、やつめうなぎ的な考えしか持っていない。その考えは曇ってはいるけれど、それでいてとても清潔なの。透明ではないけれど、それでいて不純なものはひとつも混じっていない。私は私でありながら、私ではない。そしてそういう気持ちの中にいるのは、何かしらとても素晴らしいことなの」

シェエラザードが初めて他人の家に侵入したのは、高校二年生のときだった。彼女は地元の公立高校の、同じクラスの男の子に恋をしていた。サッカーの選手で、背が高く、成績もよかった。とくにハンサムとは言えないが、清潔そうで、ひどく感じがよかった。しかしそれは、女子高校生の恋がおおかたそうであるように、報われない恋だった。彼はどうやらクラスの他の女の子に好意を持っているようだったし、シェエラザードには目もくれなかった。話しかけられたこともなかったし、彼女が同じクラスにいることにすら気がついていなかったかもしれない。でも彼女はどうしてもその男の子をあきらめることができなかった。彼の姿を見ていると呼吸が苦しくなり、時々ほとんど吐きそうにさえなった。なんとかしないとそのままでは頭がおかしくなってしまいそうだった。でも彼に愛の告白をするなんて論外だった。そんなことをしてもうまくいくわけがない。

ある日シェエラザードは無断で学校を半日休み、その男の子の家に行った。彼の家はシェエラザードの家から歩いて十五分ほどの距離にあった。彼の家には父親がいない。セメント会社に勤めていた父親は、数年前に高速道路の交通事故で亡くなっていた。母親は隣の市の公立中学校で国語の教師をしていた。妹は中学生だ。だから昼のあいだ、家は無人になっているはずだ。彼女はそのような家庭状況を前もって調べ上げていた。

玄関のドアにはもちろん鍵がかかっていた。シェエラザードはためしに玄関のマットの下を探してみた。鍵はそこに見つかった。のんびりとした地方都市の住宅街で、犯罪みたいなものもほとんどない。だから人々は戸締まりにあまり気を遣わない。鍵を持ち忘れた家族のために、玄関マットの下か、近くの植木鉢の下に鍵が隠してあることが多い。

念のためにベルを鳴らし、しばらく待って応答がないことを確かめ、また近所の人々の目がないことを確認してから、シェエラザードは鍵を使って中に入った。そして内側から鍵をかけた。靴を脱ぎ、それをビニール袋に入れ、背負っていたナップザックに入れた。それから足音を忍ばせて二階に上がった。

彼の部屋は思ったとおり二階にあった。小さな木製のベッドは乱れなく整えられている。本の詰まった本棚と洋服ダンス、勉強机。本箱の上にはミニコンポと何枚かのCDが置かれている。壁にはバルセロナのサッカー・チームのカレンダーがあり、チーム・ペナントのようなものがかかっているが、他には装飾らしいものは何ひとつない。写真も絵も飾られていない。ただクリーム色の壁があるだけだ。窓には白いカーテンがかかっている。部屋の中はきれいに片付けられ、整頓されている。出しっ放しの本もなければ、脱ぎっぱなしの服もない。机の上の文具もすべて所定の位置に置かれている。部屋の主の几帳面な性格をよく表している。それとも母親が日々丹念に片付けているのかもしれない。その両方かもしれない。そのことはシェエラザードを緊張させた。もしその部屋がだらしなく散らかっていれば、彼女がそれを多少乱したところで誰も気がつかないだろう。そうであってくれればよかったのに、とシェエラザードは思った。とても注意深くならなくてはならない。でもそれと同時に、その部屋が清潔で簡素で、乱れなく整頓されていることは、彼女を少なからず喜ばせもした。いかにも彼らしい。

シェエラザードは勉強机の椅子に腰を下ろし、しばらくそこでただじっとしていた。「彼は毎日この椅子に座って勉強しているのだ」、そう考えると心臓がどきどきした。彼女は机の上の文具を順番に手に取り、手の中で撫でまわし、匂いを嗅ぎ、口づけした。彼鉛筆や鋏や物差しやホッチキスや卓上カレンダーや、そんなもの何もかもに。それが彼の持ちものであるというだけで、普通なら何ということもない品物がなぜか輝かしく見えた。

それから机の抽斗《ひきだし》をひとつひとつ開けて、中に入っているものを細かく調べた。いちばん上の抽斗には細々とした文房具や、何かの記念品のようなものが、仕切りの中に収められていた。二番目の抽斗には主に現在使っている学科のノートが、三番目の抽斗（いちばん深い抽斗だ）には様々な書類や、古いノートや試験の答案が入っていた。ほとんどは学校の勉強に関するものか、あるいはサッカーの部活動に関する資料だ。大事なものは何もない。期待していた日記や手紙のようなものは見当たらなかった。一枚の写真すらない。それはシェエラザードにはいささか不自然なことに思えた。この人は学校の勉強とサッカー以外に、個人的な営みというものを持たないのだろうか？　それともそういうものは簡単に他人の目につかない他のところに、大事に仕舞い込まれているのだろうか？

それでも彼の机の前に座り、ノートに書かれた彼の筆跡を目で追っているだけで、シェエラザードは胸がいっぱいになった。このままでは自分がおかしくなってしまうかもしれない。彼女は興奮を冷ますために椅子から立ち上がり、床に腰を下ろした。そして天井を見上げた。あたりは相変わらずひっそりとしていた。物音ひとつしない。そのようにして彼女は、水底にいるやつめうなぎに自分を同化することになったのだ。

「ただ彼の部屋に入って、いろんなものに手を触れて、あとはじっとしていただけなの？」と羽原は言った。

「いいえ、それだけじゃない」とシェエラザードは言った。「私は彼の持ちものが何か欲しかった。彼が日常的に使ったり身につけたりしているものをうちに持ち帰りたかった。でもそれは大事なものであってはならなかった。大事なものであれば、なくなったことがすぐにわかってしまうでしょう。だから彼の鉛筆を一本だけ盗むことにした」

「鉛筆一本だけ？」

「そう。使いかけの鉛筆。でもただ盗むだけではいけないと思った。だってそれだとただの空き巣狙いになってしまうじゃない。それが私であることの意味がなくなってしまう。私は言うなれば『愛の盗賊』なのだから」

愛の盗賊、と羽原は思った。まるで無声映画のタイトルみたいだ。

「だからそのかわりに何かを、そこにしるしとして後に残していこうと思った。私がそこに存在したことの証として。それがただの窃盗ではなく、交換であったことの声明として。でも何を置いていけばいいのか、適当な品物が頭に浮かばなかった。ナップザックや服のポケットの中をさらってみたけど、しるしになりそうなものは何ひとつ見つからなかった。本当は何か用意してくればよかったんだけど、前もってそんなことは思いつかなかったから……。仕方ないからタンポンをひとつ置いていくことにした。もちろんまだ使っていない、パッケージに入ったままのものよ。生理が近かったから、用意して持っていたの。それを彼の机の一番下の抽斗の、いちばん奥の、見つかりにくいところに置いていくことにした。そしてそれは私をとても興奮させた。彼の抽斗の奥に私のタンポンがこっそり入っているということがね。たぶんあまりに興奮したからだと思うけど、そのあとすぐに生理が始まってしまった」

鉛筆とタンポン、と羽原は思った。日誌にそう書いておくべきかもしれない。「愛の盗賊、鉛筆とタンポン」。何のことだかきっと誰にも理解できないだろう。

「そのとき彼の家の中には、せいぜい十五分くらいしかいなかったと思う。人の家に勝手に上がり込むなんて生まれて初めてのことだったし、おうちの人が急に帰ってきたりするんじゃないかとずっとどきどきしていたし、そんなに長い時間はそこにいられなかった。私はあたりの様子をうかがってから、こっそりとその家を出て、ドアにまた鍵をかけ、鍵を玄関マットの下の同じ場所に戻した。そして学校に行った。彼の使いかけの鉛筆を大事に持って」

シェエラザードはそのまましばらく口を閉ざしていた。時間を遡《さかのぼ》り、そこにあったいろんなものごとをひとつひとつ視認しているようだった。

「それから一週間ばかり、私はこれまでになく満ち足りた気持ちで日々を送ることができた」とシェエラザードは言った。「彼の鉛筆を使ってノートにあてもなく字を書いた。その匂いを嗅いだり、それにキスしたり、頰をつけたり、指でこすったりした。ときどき舌をからめてしゃぶったりもした。書いていれば鉛筆がだんだん短くなっていくし、もちろんそれはつらいことだったけど、でもそうしないわけにはいかなかった。短くなって使えなくなったら、また新しいものを取りに行けばいい。私はそう思った。彼の机のペン立てには、使いかけの鉛筆がまだたくさんあった。そして彼はそれが一本減ったことも知らない。机の抽斗の奥に私のタンポンが入っていることもたぶん知らない。そう思うと私はすごく興奮した。腰がむずむずするような不思議な感覚があった。私はそれを抑えるために、机の下で膝をごしごしすりあわせなくてはならなかった。たとえ現実の生活で、彼が私に目をくれなくても、私の存在になんかほとんど気づいていなかったとしても、それでちっともかまわないと思った。私は彼の知らないうちに、彼の一部をこっそりと手に入れているんだから」

「なんだか呪術的な儀式みたいだ」と羽原は言った。

「そう、ある意味ではそれは呪術的なおこないだったかもしれない。あとになってたまたまその手の本を読んでいて、思い当たることがあった。でもそのときはまだ高校生だったし、そこまで深いことは考えなかった。私はただ自分の欲望に押し流されていただけ。そんなことをしていると今に命取りになる。もし空き巣に入っている現場を見つかったりしたら、学校も退学処分になるだろうし、その話が広まったら、この町に住むことだってむずかしくなるかもしれない。私は自分に何度もそう言い聞かせた。でも駄目だった。私は頭がまともに働かない状態になっていたんだと思う」

彼女は十日後に再び学校を半日休み、彼の家に足を向けた。午前十一時。前と同じように玄関マットの下から鍵を取り出し、家の中に入った。そして二階に上がった。彼の部屋はやはり隙なく整頓され、ベッドはぴたりとメイクされていた。シェエラザードは使いかけの長い鉛筆をとりあえず一本手に入れ、それを自分のペン入れに大事に仕舞った。それからおそるおそる彼のベッドに身を横たえてみた。スカートの裾を整え、両手を揃えて胸に置き、天井を見上げた。このベッドで毎晩彼が眠っているのだ。そう思うと心臓の鼓動が急速に高まり、まともに呼吸ができなくなった。空気が肺の中までしっかりと入っていかない。喉がひりひりと渇いて、息をするたびに痛む。

シェエラザードはあきらめてベッドから起き上がり、ベッドカバーを引っ張って乱れを直し、それからまたこの前と同じように床に腰を下ろした。そして天井を見上げた。ベッドに横になったりするのはまだ早すぎる、と彼女は自分に言い聞かせた。それは私にはあまりにも刺激が強すぎる。

シェエラザードは今回、半時間ばかりその部屋の中にいた。彼のノートを抽斗から出して一通り目を通した。彼の書いた読書感想文も読んだ。夏目漱石の『こころ』について書いたものだ。それは夏休みの課題図書だった。いかにも成績の優秀な生徒らしい、丁寧な美しい字で原稿用紙に書かれていて、見たところ誤字脱字もなかった。評価は「優」になっていた。当然だ。こんな素敵な字で文章を書かれたら、どんな先生だって、たとえ内容をまったく読まなくても、黙って優をあげてしまいたくなるだろう。

それからシェエラザードは洋服ダンスの抽斗を開け、中に入っているものを順番に見ていった。彼の下着や靴下。シャツ、ズボン。サッカー用のウェア。どれも几帳面にきれいに折りたたまれていた。汚れが残ったり、擦り切れたりしている衣服はひとつもなかった。

どれも清潔に管理されている。彼がたたむのだろうか。それとも母親がそうするのだろうか。たぶん母親だろう。彼女は毎日彼のためにそういうことができる母親に、強い嫉妬を覚えた。

シェエラザードは抽斗に鼻を突っ込むようにして、ひとつひとつの衣服の匂いを嗅いでいった。丁寧に洗濯され、しっかりと太陽に干された衣服の匂いがした。無地のグレーのTシャツを一枚抽斗から取り出し、それを広げ、顔をつけた。わきの下に彼の汗の匂いがしないかと思って。しかし匂いはなかった。それでも長いあいだ彼女はそのシャツにしっかりと顔をつけて、鼻から息を吸い込んでいた。彼女はそのシャツを手に入れたいと思った。しかしそれはおそらく危険すぎる。すべての衣服がこれほど几帳面に整理され、管理されているのだ。彼は（あるいは彼の母親は）抽斗の中のTシャツの数を細かく記憶しているかもしれない。一枚少なくなっていたら、ちょっとした騒ぎが持ち上がることだろう。

シェエラザードは結局そのシャツを持って行くことをあきらめた。元通りきれいにたたみなおし、抽斗の中に戻した。用心深くならなくてはいけない。危険を冒すわけにはいかない。シェエラザードは今回は鉛筆のほかに、抽斗の奥に見つけたサッカーボールをかたどった小さなバッジを持って行くことにした。小学校時代に入っていた少年チームのものらしかった。古いものだし、とくに大事なものにも見えない。なくなっても彼はおそらく気がつかないだろう。あるいは気がつくまでに時間がかかるだろう。ついでに、いちばん下の抽斗の奥にこのあいだ隠しておいたタンポンがまだあるかどうか、確かめてみた。それはまだそこにあった。

もし母親が、彼の抽斗の奥に隠されているタンポンを発見したら、いったいどうなるのだろうと、シェエラザードは想像してみた。それを見て母親は何を考えるだろう？　そのことで息子を直接問い詰めるだろうか？　どうしておまえが生理用品なんか持っているの、その理由を聞かせて、と。それともそんなことは自分の胸におさめ、暗い推測をあれこれ巡らせるだけだろうか？　そういう場合母親がどういう行動に出るものか、シェエラザードには見当もつかない。でもとにかくタンポンはそのままにしておくことにした。なんといってもそれは彼女の残した最初のしるしなのだから。

今回シェエラザードは二つ目のしるしとして、自分の髪を三本置いていくことにした。彼女は前の晩に髪を三本抜き、それをビニールラップにくるみ、小さな封筒に入れて封をしていた。彼女はその用意していた封筒をナップザックから取り出し、抽斗の中の古い数学のノートの間にはさんだ。それほど長くもなく、それほど短くもない、まっすぐな黒髪だ。DNA検査でもしないことには、誰のものだかわかりはしない。しかしそれが若い女の髪であることは一目でわかる。

彼女はそこを出て、その足で学校に行き、昼休みのあとの授業に出席した。そしてそれからの十日ばかりを、また満ち足りた気持ちで過ごした。彼のより多くの部分が自分のものになったような気がした。でももちろんそれで話がすんなり終わるわけではない。他人の家に空き巣に入ることは、シェエラザードも指摘するように、くせになってしまうことなのだ。

そこまで話してから、シェエラザードは枕元の時計を見た。そして「さあ、もうそろそろ行かなくては」と自分に言い聞かせるように言った。そして一人でベッドを出て服を着始めた。時刻の数字は時刻が四時三十二分であることを告げていた。彼女はほとんど飾りのない実用的な白い下着をつけ、ブラジャーのフックを背中でとめ、手早くジーンズをはき、ナイキのマークのついた紺色のスエットシャツを頭からかぶった。洗面所で石鹼を使って丁寧に手を洗い、ブラシで髪を簡単に整えてから、青いマツダ車を運転して去って行った。

羽原はあとに一人で残され、とくにすることも思いつかないまま、牛が食物を反芻《はんすう》するみたいに、彼女がベッドの中で話してくれたことを、ひとつひとつ頭の中で玩味《がんみ》してみた。その話がこれからいったいどんな方向に進んでいくのか――彼女のたいていの話がそうであるように――さっぱり見当がつかなかった。だいたいシェエラザードが高校二年生のとき、どんな姿かたちの娘だったのか、それもほとんど想像できなかった。その頃、彼女の体型はまだすらりとしていたのだろうか？　制服を着て、白い靴下を履いて、髪を編んでいたのだろうか？

まだ食欲はなかったので、料理の支度にかかる前に、読みかけていた本の続きを読もうとしたのだが、どうしても読書に神経が集中できなかった。シェエラザードがこっそりとその二階家に忍び込む情景が、あるいは彼女が同級生のシャツを顔につけて、その匂いをくんくんと嗅いでいる光景が、つい頭に浮かんできてしまうのだ。羽原は一刻も早く話の続きが聞きたかった。

次にシェエラザードが「ハウス」にやってきたのは、週末をはさんで三日後だった。彼女はいつものように大きな紙袋に詰めて持ってきた食品を整理し、賞味期限をチェックし、冷蔵庫の中身の順番を入れ替え、缶詰や瓶詰めの食品の在庫を調べ、調味料の減り具合をチェックし、次の買い物のリストを作った。新しいペリエを冷やした。そして新しく持ってきた本とDVDをテーブルの上に重ねて置いた。

「何か足りないものやほしいものはない？」

「とくに思いつかない」と羽原は答えた。

それから二人はいつものようにベッドに入って性交をした。彼はほどほどの前戯をしてから、避妊具をつけて彼女の中に入り（彼女は医学的な見地から、最初から最後まで一貫して避妊具を装着することを彼に要求した）、適度な時間をかけて射精した。その行為は義務的というのではないけれど、とくに心がこもっているというものでもなかった。彼女は基本的に常に、その行為に過度の情熱が含まれることを警戒しているようだった。自動車教習所の教官が基本的に常に、生徒の運転に過度の情熱を期待しないのと同じように。

羽原がしかるべき量の精液を避妊具の中に正しく射精したことを、職業的な目で確認したあとで、シェエラザードは話を始めた。

二度目の空き巣に入ったあと、また十日ばかり彼女は満ち足りた気持ちで日々を送ることができた。彼女はサッカーボールのバッジをペンを入れるケースの中に忍ばせていた。そして授業中にときどきそれを指で撫でた。鉛筆を歯で軽く齧り、芯を舐《な》めた。そして彼の部屋のことを思った。彼の勉強机のことを思い、彼の寝ているベッドのことを思い、彼の衣服の詰まった洋服ダンスのことを思い、彼の簡素な白いトランクスのことを思い、彼の机の抽斗に隠されている自分のタンポンと三本の髪のことを思った。

空き巣に入るようになってから、学校の勉強にはほとんど身が入らなかった。授業中はぼんやりとあてもない白昼夢に耽《ふけ》るか、彼の鉛筆やバッジを指でいじることに神経を集中しているか、そのどちらかだった。家に帰っても、与えられた宿題に取り組むような気持ちにはなかなかなれなかった。シェエラザードはもともと成績は悪くなかった。トップクラスというのではないが、真面目に勉強をする性格だったし、だいたいいつも平均を上回る成績をとっていた。だから彼女が授業中に指名されてほとんど何も答えられないとき、教師たちは怒るより前に怪訝《けげん》そうな顔をした。休み時間に職員室に呼び出され、「どうかしたのか？　おまえ、何か心配事でもあるのか？」と訊かれたこともあった。でも彼女はうまくそれに答えることができなかった。このところ体調があまり……と口ごもるしかなかった。実はある男の子が好きになって、その子の家に昼間ときどき空き巣に入るようになり、鉛筆やバッジを盗んできて、それをいじることに夢中になっています、彼のこと以外にはもう何も考えられないのです、みたいなことはもちろん言えない。それは彼女が一人で抱え込んでいるしかない重く暗い秘密なのだ。

「私は定期的に彼の家に空き巣に入らないではいられないようになってしまった」とシェエラザードは言った。「わかると思うけど、それはとても危険なことだった。そんな綱渡りをいつまでも続けてはいられない。それは自分でもよくわかっていた。いつかは誰かにみつかってしまうだろうし、みつかったらきっと警察沙汰になってしまう。それを思うと不安でたまらなかった。でもいったん坂を転がり始めた車輪を押しとどめることはできなかった。二度目の〈訪問〉の十日後、私の足はまた自然に彼の家に向かってしまった。そうしないことには頭がおかしくなってしまいそうだったの。でも今から思えば、私はたぶん実際に頭が少しおかしくなっていたのね」

「学校をそんなにちょくちょく休んで、とくに問題は起きなかったの？」と羽原は尋ねた。

「うちは商売をしていて、家は仕事が忙しかったし、両親は私にはほとんど注意を向けていなかった。私はそれまで一度として問題を起こしたことはなかったし、親の言いつけに正面から逆らったこともなかった。だからこの子は放っておいても大丈夫だと思われていたのね。学校に出す届けだって簡単に偽造できた。母親の筆跡を真似て学校を休んだ理由を簡単に書き、署名し、印鑑を押した。担任の先生には、身体に具合の悪いところがあるので、ときどき病院に行くために半日休まなくてはならないことがあると前から言ってあった。クラスには長期不登校の子が何人かいて、みんなそちらで頭を悩ませていたから、私がときどき半日休んだところで、誰も気にしなかった」

シェエラザードはそこで枕元のディジタル時計にちらりと目をやり、それからまた話を続けた。

「私はまた玄関マットの下から鍵を取り、ドアを開けて中に入った。いつもと同じように、いや、なぜかいつにも増して家の中はしんとしていた。台所の冷蔵庫のサーモスタットが入ったり切れたりする音が、大きな動物のため息のように聞こえて、妙にびっくりさせられた。それから途中で一度、電話のベルが鳴り出した。大きく響きわたる耳障りな音で、私の心臓はほとんど止まってしまいそうになった。身体中からどっと汗が噴き出した。でもその電話はもちろん誰の手にも取られることなく、十回ばかり鳴ってから止んだ。ベルが鳴り止んだあと、沈黙は前よりもっと深くなった」

その日シェエラザードは彼のベッドの上で、長いあいだ仰向けに身を横たえていた。今度は前のときほど胸はどきどきしなかったし、呼吸も普通にすることができた。隣に彼が静かに眠っており、その添い寝をしているような気持ちにもなれた。ちょっと手を伸ばせば、そのたくましい腕に指を触れられそうだった。でももちろん実際には彼は隣にはいない。彼女は白昼夢の雲に包まれているだけだ。

それからシェエラザードはどうしても彼の匂いを嗅ぎたくなった。ベッドから起き上がり、洋服ダンスの抽斗を開けて彼のシャツを調べてみた。どのシャツもしっかり洗濯され、日に干され、ロールケーキのようにきれいに丸く折りたたまれていた。汚れは取り除かれ、匂いは消されている。前と同じだ。

それから彼女は、あることをはっと思いついた。うまくいくかもしれない。そして急ぎ足で階下に降りていった。浴室の脱衣場に洗濯かごをみつけ、その蓋を開けてみた。そこには彼と母親と妹の三人分の洗濯物が入っていた。おそらく一日分の洗濯物だ。シェエラザードはその中から男物のシャツを一枚見つけた。BVDの白い丸首のTシャツ。そしてその匂いを嗅いでみた。まぎれもない若い男の汗の匂いがした。むっとする体臭――クラスの男子生徒の近くにいるときに、それと同じ匂いを彼女は嗅ぐことがあった。とくに心が楽しくなるような匂いではない。しかし彼のそれはシェエラザードを限りなく幸福な気持ちにさせた。そのわきの下の部分に顔をつけ、匂いを吸い込んでいると、自分が彼の身体に包まれ、両腕で強く抱きしめられているような気持ちになった。

シェエラザードはそのシャツを持って二階に上がり、もう一度彼のベッドに横になった。そしてシャツに顔を埋め、その汗の匂いを飽きることなく嗅ぎ続けた。そうしているうちに、腰のあたりにだるい感覚を覚えた。乳首が硬くなる感覚もあった。そろそろ生理が始まるのだろうか？　いや、そんなことはない。まだ時期的に早すぎる。たぶんこうなるのは性欲のせいだろう、と彼女は推測した。それをどのように扱えばいいのか、どう処理すればいいのか、彼女にはわからなかった。というか、少なくともこんなところでは何もできない。何しろ彼の部屋の、彼のベッドの上なのだ。

シェエラザードはとにかく、その汗を吸い込んだシャツを持ち帰ることにした。それはもちろん危険なことだった。母親はおそらくシャツが一枚紛失していることに気がつくだろう。誰かがそれを盗んで行ったとは思わないまでも、どこに消えたのだろうと首をひねるはずだ。家の中がこれほどきちんと掃除され、片付けられているからには、母親はきっと管理整頓フリークみたいな人だろう。何かが無くなっていたら、たぶんその行方を求めて家中を探し回るに違いない。厳しく訓練を受けた警察犬のように。そして大事な息子の部屋の中に、シェエラザードの残したいくつかの痕跡を見出すことだろう。しかしそれがわかっていても、彼女はそのシャツを手放したくなかった。彼女の頭は彼女の心を説得することができなかった。

そのかわりに私は何をここに置いていけばいいだろう、とシェエラザードは思った。彼女は自分の下着を置いていくことを考えた。ごく当たり前の、比較的新しいシンプルなアンダーパンツで、朝替えてきたばかりだ。それを押し入れの奥に隠していけばいい。交換する品物としてはそれは実に妥当なものであるように彼女には思えた。しかし実際に脱いでみると、その股の部分が温かく湿っていることがわかった。私の性欲のせいだ、と彼女は思った。匂いを嗅いでみたが、匂いはなかった。しかしそんな風に性欲で汚れてしまったものを、彼の部屋に残していくわけにはいかない。そんなことをしたら自分を卑しめてしまうことになる。彼女はそれをもう一度身につけ、何か別のものを置いていくことにした。さて、何を置いていけばいいだろう？

そこまで話してシェエラザードは黙り込んだ。そのまま長いあいだ一言も口にしなかった。目を閉じ、静かに鼻で呼吸をしていた。羽原も同じように黙ってそこに横になり、彼女が口を開くのを待っていた。

「ねえ、羽原さん」とシェエラザードがやがて目を開けて言った。彼女が羽原の名前を呼んだのはそれが初めてだった。

羽原は彼女の顔を見た。

「ねえ、羽原さん、もう一度私のことを抱けるかな？」と彼女は言った。

「できると思うけど」と羽原は言った。

そして二人はもう一度抱き合った。シェエラザードの身体の様子はさっきとはずいぶん違っていた。柔らかく、奥の方まで深く湿っていた。肌も艶やかで、張りがあった。彼女は今、同級生の家に空き巣に入ったときの体験を鮮やかにリアルに回想しているのだ、と羽原は推測した。というか、この女は実際に時間を遡り、十七歳の自分自身に戻ってしまったのだ。前世に移動するのと同じように。シェエラザードにはそういうことができる。その優れた話術の力を自分自身に及ぼすことができるのだ。優秀な催眠術師が鏡を用いて自らに催眠術をかけられるのと同じように。

そして二人はこれまでになく激しく交わった。長い時間をかけて情熱的に。そして彼女は最後にはっきりとしたオーガズムを迎えた。身体が何度も激しく痙攣《けいれん》した。そのときのシェエラザードは、顔立ちまでがらりと変わってしまったようだった。シェエラザードが十七歳の頃どのような少女であったか、細い隙間から瞬間的に風景を垣間見るように、羽原はその姿かたちをおおよそ思い浮かべることができた。彼が今こうして抱いているのは、たまたま三十五歳の平凡な主婦の肉体の中に閉じ込められている、問題を抱えた十七歳の少女なのだ。羽原にはそれがよくわかった。彼女はその中で目を閉じ、身体を細かく震わせながら、汗の染み込んだ男のシャツの匂いを無心に嗅ぎ続けている。

セックスを終えたあと、シェエラザードはもうそれ以上話をしなかった。いつものように羽原の避妊具を点検することもしなかった。二人は黙ってそこに並んで横になっていた。彼女は目をしっかり開けて、天井をまっすぐ見ていた。やつめうなぎが水底から明るい水面を見つめるみたいに。自分が別の世界にいて、あるいは別の時間にいて、やつめうなぎであったら——羽原伸行という限定された一人の人間ではなく、ただの名もなきやつめうなぎであったなら——どんなによかっただろうと羽原はそのとき思った。シェエラザードと羽原はどちらもやつめうなぎで、こうして並んで吸盤で石に吸い付き、水の流れにゆらゆらと揺れながら水面を見上げ、偉そうに太った鱒が通りかかるのを待っているのだ。

「それで結局、彼のシャツの代わりに何をそこに置いていったの？」と羽原は沈黙を破って尋ねた。

彼女はなおもしばらく沈黙の中に浸っていた。それから言った。

「結局何も置いていかなかった。彼の匂いのついたシャツの代わりに置いていけるようなものは、それに匹敵するようなものは、何も持ち合わせていなかったから。だから私はただそのシャツをこっそり持ち帰っただけ。そして私はその時点で純粋な空き巣狙いになったの」

その十二日後に、シェエラザードが四度目に彼の家を訪れたとき、ドアの錠前は新しいものに取り替えられていた。それは正午近くの太陽の光線を受け、いかにも堅牢そうに誇らしく金色に輝いていた。そして玄関マットの下にはもう鍵は隠されていない。洗濯かごの中の息子の下着が一枚紛失していることが、おそらく母親の疑念をかきたてたのだろう。そして母親は鋭い目であちこち細かく調べてまわり、家の中で何かしら奇妙なことが持ち上がっていることに気がついたのだ。ひょっとして誰かが留守中にこの家に上がり込んでいたのかもしれない。そしてすぐに玄関の錠前が取り替えられる。母親の下す判断はどこまでも的確であり、その行動はきわめて迅速だった。

もちろんシェエラザードは、錠前が新しくなったことを知って落胆はしたけれど、同時にほっともした。誰かが後ろにまわり、自分の肩から重い荷を下ろしてくれたような気持ちだった。これでもうあの家には空き巣に入らなくてもいいんだと彼女は思った。もし錠前が取り替えられなかったら、きっといつまでもそこに侵入し続けていただろうし、また彼女の行動は回を追って過激なものになっていったに違いない。そして遅かれ早かれ破局を迎えていたはずだ。彼女が二階にいるときに、何かの用事があって家族の誰かが突然帰宅するかもしれない。そんなことになったら逃げ場はない。申し開きの余地もない。いつかはきっとそういうことが起こっていただろう。そんな壊滅的な事態を回避できたのだ。鷹のような鋭い目を持った彼の母親に——会ったことはまだ一度もないけれど——感謝するべきかもしれない。

シェエラザードは持ち帰った彼のＴシャツの匂いを、毎晩寝る前に嗅いだ。そのシャツを隣に置いて眠った。学校に行くときには紙にくるんで、みつからないところに隠した。夕食を取り、部屋で一人になるとそれを取りだし、撫でたり、匂いを嗅いでみたりした。日にちが経つと匂いがだんだん薄らいで消えていくのではないかと心配したが、そんなことはなかった。彼の汗の匂いは、消えることのない重要な記憶のように、いつまでもそこに染みついていた。

もうこれ以上彼の家に空き巣に入ることはできないのだ(入らなくてもいいのだ)と思うと、少しずつではあるがシェエラザードの頭は平常に復していった。意識が普通に働くようになってきた。教室でぼんやり白昼夢を見ることも少なくなり、部分的にではあれ教師の声がちゃんと耳に入るようにもなった。でも彼女は授業のあいだ、教師の声に耳を澄ませるよりは、彼の様子をうかがうことに神経を集中していた。その挙動に変わったところが見当たらないか、何か神経質な素振りを見せたりしないか、怠りなく目を配っていた。しかし彼の挙動は普段とまったく変化なく見えた。いつものように大きな口を開けて無心に笑い、教師に質問されればはきはきと正しい答えを返し、放課後にはサッカー部の練習に熱心に励んでいた。大きな声をあげ、たっぷり汗をかいていた。彼のまわりで何か異変が持ちあがったような気配はまったくうかがえなかった。おそろしくまともな人だ、と彼女は感心した。翳りひとつない。

でも私は彼の翳《かげ》りを知っている、とシェエラザードは思った。あるいは翳りに近いものを。たぶん他の誰もそれを知らない。知っているのは私だけだ(ひょっとしたら母親も知っているかもしれないが）。三回目に空き巣に入ったとき、彼女は押し入れの奥にポルノ雑誌が何冊か巧妙に隠されているのを見つけたのだ。そこには女性の裸の写真がたくさん載っていた。女たちは脚を開き、性器を気前よく露出していた。男女が交わっている写真もあった。とても不自然な姿勢で交わっている写真だ。棒のような性器が女の中に挿入されていた。そんな写真を目にするのはシェエラザードにとって生まれて初めてのことだった。シェエラザードは彼の勉強机の前に座り、それらの雑誌のページを繰って、ひとつひとつの写真を興味深く眺めていった。たぶんこういう写真を見ながら彼は自慰をしているのだろうと彼女は想像した。でもそのことはとくに彼女をいやな気持ちにはさせなかった。彼の隠された素顔に失望したりもしなかった。彼女はそういうのが自然な営みであることを承知していた。生産された精液はどこかで放出されなくてはならない。男の身体はそのようにできているのだ（女性に月経があるのとだいたい同じことだ）。そういう意味では、彼だって普通の十代の男の子の一人に過ぎない。正義のヒーローでもなければ、聖人でもない。むしろそれを知って、シェエラザードはほっとしたくらいだった。

「空き巣に入ることをやめてしばらくして、彼に対する激しい憧れは徐々にではあるけど、薄れていった。遠浅の海岸を潮がじわじわと引いていくみたいに。どうしてかはわからないけど、私はもう以前ほど熱心に彼のシャツの匂いを嗅がなくなったし、鉛筆やバッジを夢中になって撫で回すことも少なくなった。まるで熱病が治まっていくみたいに、熱が引いていったの。それは病気のようなものではなく、きっと本物の病気だったのね。その病気は私の頭をしばらくのあいだ、高熱で錯乱させていた。誰もが人生の中で、一度はそういう出鱈目な時期を通過するのかもしれない。あるいはそれはただ私ひとりの身に起こった、特殊な出来事だったのかもしれない。ねえ、あなたにはそういうことってあった？」

考えてみたが、羽原には思い当たることはなかった。「それほど特別な出来事はなかったと思うな」と彼は言った。

シェエラザードはそれを聞いて少しがっかりしたみたいだった。「いずれにせよ高校を卒業すると、私はいつしか彼のことを忘れてしまった。自分でも不思議なくらいあっさりと。彼のどんなところに十七歳の自分がそんなに激しく惹かれたのか、それすらほとんど思い出せなくなってしまった。人生って妙なものよね。あるときにはとんでもなく輝かしく絶対的に思えたものが、それを得るためには一切を捨ててもいいとまで思えたものが、しばらく時間が経つと、あるいは少し角度を変えて眺めると、驚くほど色褪《あ》せて見えることがある。私の目はいったい何を見ていたんだろうと、わけがわからなくなってしまう。それが私の〈空き巣狙いの時代〉のお話」

なんだかピカソの「青の時代」みたいだと羽原は思った。しかし彼女の言わんとすることは、羽原にもよく理解できた。

女は枕元のディジタル時計に目をやった。そろそろ帰宅の時刻が近づいていた。彼女は含みのある間を置いた。それから言った。

「でも実を言うと、話はそこで終わらないの。その四年後だったかな、看護学校の二年生だったときに、私はちょっと不思議な巡り合わせで、彼と再会することになった。そこには彼の母親も大々的に登場するし、またちょっとした怪談みたいなものも絡んでいるの。あなたに信じてもらえるかどうか自信はないんだけど、その話は聞きたい？」

「とても」と羽原は言った。

「じゃあそれは次のときにね」とシェエラザードは言った。「話し出すとかなり長くなるし、そろそろうちに帰って食事を作らなくちゃ」

彼女はベッドを出て、下着をつけ、ストッキングを穿《は》き、キャミソールを着て、スカートとブラウスを着た。羽原はその一連の動作をベッドの中からぼんやりと眺めていた。女が衣服を身につけていく動作は、それを脱ぐときの動作より興味深いかもしれないと彼は思った。

「何か読みたい本はある？」と出がけにシェエラザードは尋ねた。とくにないと思うと羽原は答えた。ただ君の話の続きが聞きたいだけだ、と彼は思ったが、口には出さなかった。口に出すと、話の続きを永遠に聞けなくなってしまいそうな気がしたからだ。

羽原はその夜、まだ早い時刻にベッドに入り、シェエラザードのことを考えた。彼女はひょっとして、もうこのまま姿を見せなくなるかもしれない。彼はそのことを案じていた。それは決して起こり得ないことではない。シェエラザードと彼とのあいだには、どのような個人的取り決めも存在しない。それは誰かからたまたま与えられた関係であり、その誰かの気分ひとつで、いつ取り上げられるかもしれない関係だった。言うなれば、細い糸一本でかろうじて結ばれているだけの繋がりだ。おそらくいつか、いや、間違いなくいつか、それは終わりを告げるだろう。その糸は切られてしまうだろう。遅いか早いか、違いはそれだけだ。そしていったんシェエラザードが去ってしまえば、羽原にはもう彼女の話が聞けなくなる。物語の流れはそこで断ち切られ、語られるはずのいくつもの未知の不思議な物語は、語られないまま消えてしまう。

あるいはまた、彼はすべての自由を取り上げられ、その結果シェエラザードばかりか、あらゆる女から遠ざけられてしまうことになるかもしれない。その可能性も大きい。そうなれば、もう二度と彼女たちの湿った身体の奥に入ることもできなくなってしまう。その身体の微妙な震えを感じ取ることもできなくなる。しかし羽原にとって何よりつらいのは、性行為そのものよりはむしろ、彼女たちと親密な時間を共有することができなくなってしまうことかもしれない。女を失うというのは結局のところそういうことなのだ。現実の中に組み込まれていながら、それでいて現実を無効化してくれる特殊な時間、それが女たちの提供してくれるものだった。そしてシェエラザードは彼にそれをふんだんに、それこそ無尽蔵に与えてくれた。そのことが、またそれをいつか失わなくてはならないであろうことが、彼をおそらくは他の何よりも、哀しい気持ちにさせた。

羽原は目を閉じ、シェエラザードのことを考えるのをやめた。そしてやつめうなぎたちのことを想った。石に吸い付き、水草に隠れて、ゆらゆらと揺れている顎を持たないやつめうなぎたちを。彼はそこで彼らの一員となり、鱒がやってくるのを待った。しかしどれだけ待っても、一匹の鱒も通りかからなかった。太ったものも、痩せたものも、どのようなものも。そしてやがて日が落ち、あたりは深い暗闇に包まれていった。

木野

その男はいつも同じ席に座った。カウンターのいちばん奥のスツールだ。もちろん塞《ふさ》がっていなければということだが、その席はほぼ例外なく空いていた。もともと店が混むことがない上、そこはもっとも目立たない、そして居心地が良いとは言えない席だったからだ。裏側に階段があるため、天井が斜めに低くなっている。立ち上がるときに頭をぶっつけないよう、注意しなくてはならない。男は長身だったが、その窮屈な席がことのほか気に入ったようだった。

初めてその男が来店したときのことを、木野《きの》はよく覚えている。ひとつには彼がきれいな坊主頭にしていたからであり（ついさっき髪をバリカンで落としてきたみたいに青々としていた）、痩せているのに肩幅が広く、眼光がどことなく鋭かったからだ。頰骨が前に出て、額が広かった。年齢はおそらく三十代前半だろう。雨も降ってないのに、また降り出しそうな気配もないのに、丈の長い灰色のレインコートを着ていた。最初はその筋の人間かと思ったくらいだ。だからある程度緊張もし、警戒もした。四月の半ばの少し肌寒い夜、七時半をまわったところで、他に客はいなかった。

男はそのカウンターのいちばん奥の席を選んで座ると、コートを脱いで壁のフックにかけ、静かな声でビールを注文し、あとは黙って分厚い本を読んだ。顔つきからすると読書に深く集中しているようだった。三十分ほどかけてビールを飲み終えると、手を小さく上げて木野を呼び、ウィスキーを注文した。銘柄は何が良いか尋ねると、とくに好みのものはないと言った。

「なるべく普通のスコッチをダブルで。同じ量の水で割って、氷を少し入れてください」

なるべく普通のスコッチ？　木野はホワイト・ラベルをグラスに注ぎ、同じ量の水を足し、アイスピックで氷を割って、小さめの形の良いものをふたつ入れた。男はそれをひとくち飲み、吟味し、眼を細めた。「これでけっこうです」

彼はまた三十分ばかり本を読んでいたが、やがて席を立ち、現金で勘定を払った。釣り銭がいらないように小銭を出して数えた。彼がいなくなると、木野は少しほっとした。しかし本人がいなくなったあとも、その男の気配はしばらくあとに残った。木野はカウンターの中で料理の仕込みをしながら時折ふと顔を上げ、さっきまで男が座っていた席に目をやった。誰かがそこで小さく手を上げ、何かを求めているような気がしたからだ。

その男はよく木野の店を訪れるようになった。週に一度か多くて二度、そんなものだ。最初にビールを飲み、そのあとウィスキーを注文した(ホワイト・ラベル、同量の水、少しの氷)。二杯目を注文することもあったが、だいたいは一杯で終わった。黒板に書かれた当日のメニューを見て、軽い食事をとることもあった。

無口な男だった。頻繁に店に顔を出すようになっても、注文するとき以外は口をきかなかった。木野と顔を合わせると、こっくり小さく肯《うなず》く。あなたの顔は覚えていますよ、とでも言うように。夜の比較的早い時刻に、本を小脇に抱えてやってきて、それをカウンターの上に置いて読んだ。分厚い単行本だ。文庫本を読んでいるのを見たことがない。本を読むのに疲れると(たぶん疲れたのだろう)、ページから目を上げ、前の棚に並べられた酒瓶をひとつひとつ眺めた。まるで遠くの国からやってきた珍奇な動物の剝製《はくせい》を点検するみたいに。

しかし馴れてしまうと、その男と二人きりになるのは、木野にとってとくに気詰まりなことではなくなった。木野自身が無口な性格だったし、誰かと一緒にいながら口をきかないでいることは、彼にとって苦痛ではなかったからだ。男が読書に耽《ふけ》っているあいだ、木野は自分一人きりでいるときと同じように、洗い物をしたり、ソースの仕込みをしたり、レコードを選んだり、あるいは椅子に座ってその日の朝刊と夕刊をまとめて読んだりした。
木野は男の名前を知らない。男は彼が木野と呼ばれていることを知っている。店の名前も「木野」だ。男は名前を名乗らなかったし、木野もあえて尋ねなかった。彼は店に来て、ビールとウィスキーを飲み、寡黙に本を読み、現金で勘定を払って行く常連客に過ぎない。誰に迷惑をかけるわけでもない。それ以上の何を知らなくてはならないのか？

木野はスポーツ用品を販売する会社に十七年勤めた。体育大学に在学中はそこそこ優秀な中距離ランナーだったが、三年生のときにアキレス腱を傷めて実業団チームに入ることをあきらめ、卒業後コーチの推薦でその会社に一般社員として就職した。会社では主にランニング・シューズを担当した。彼の仕事は、全国のスポーツ用品店に少しでも多く商品を置いてもらうことであり、また一人でも多くの第一線で活躍するアスリートに自社のシューズを履いてもらうことだった。岡山に本社のある中堅企業で、ミズノやアシックスのように名前が売れているわけではない。ナイキやアディダスのように高額の契約金を積んで、世界的な一流選手と専属契約を結ぶような資本力もない。有名選手を接待する経費さえ出してもらえない。選手たちに食事をごちそうしようと思えば、出張費用を切り詰めるか、ポケットマネーを出すしかない。

しかし彼の会社は、トップ・アスリートのためのシューズを手作りで、損得抜きで丁寧に作っていたし、その良心的な仕事ぶりを評価してくれる選手は少なくなかった。「誠実な仕事をしていれば、結果はついてくる」というのが創業者である社長の考え方だった。おそらくそんな地味な、時流に背中を向けるような社風が木野の人柄に合っていたのだろう。彼のような口数が少なく愛想のない男でも、なんとか営業の仕事をこなしていくことができた。またむしろそんな性格だからこそ、彼を信用してくれるコーチたちや、彼を個人的に慕ってくれる選手たちも（それほど数多くではないにせよ）いた。一人ひとりの選手がどのようなシューズを必要としているか、その声に耳を澄ませ、会社に帰って製作担当者に伝えた。仕事はそれなりに面白かったし、やりがいもあった。待遇が良いとは言えないが、自分の身の丈に合ったことをしている手応えがあった。自分はもう走れなくなったが、育ち盛りの選手たちが美しいフォームで、生き生きとトラックを走っているのを見るのは楽しかった。

木野が会社を辞めたのは、仕事に不満があったからではない。それは夫婦間の思いも寄らぬトラブルがもたらした結果だった。彼が会社でいちばん親しくしていた同僚が妻と関係を持っていたことがわかったのだ。木野は東京にいるよりは出張に出ていることの方が多い。大きなジムバッグにシューズのサンプルを詰めて全国のスポーツ用品店をまわり、当地の大学や、陸上チームのある会社に顔を出す。その留守の間に二人は関係を持っていた。木野はそういう気配にあまり聡《さと》い方ではない。夫婦仲はうまくいっていると思っていたし、妻の言動に疑念を抱いたこともなかった。もしたまたま一日早く出張から戻らなければ、いつまでも気づかないまま終わったかもしれない。

彼は旅先から直接葛西《かさい》のマンションに戻り、妻とその男が裸でベッドに入っているのを目にした。彼の家の寝室で、夫婦がいつも寝ているベッドで、二人は重なり合っていた。そこに誤解の入り込む余地はなかった。妻がしゃがみ込むような格好で上になっていたので、ドアを開けた木野は、彼女と顔を合わせることになった。彼女の形の良い乳房が上下に大きく揺れているのが見えた。彼はそのとき三十九歳、妻は三十五歳だった。子供はいない。木野は顔を伏せ、寝室のドアを閉め、一週間分の洗濯物が詰まった旅行バッグを肩にかけたまま家を出て、二度と戻らなかった。そして翌日、会社に退職届を出した。

木野には独身の伯母がいた。母親の姉で、顔立ちがよかった。その伯母は子供の頃から木野をかわいがってくれた。伯母には長くつきあった年上の恋人がいて（愛人といったほうが近いかもしれない）、その男は彼女に気前よく青山に小さな一軒家を用意してくれた。古き良き時代の話だ。彼女はそこの二階に住み、一階で喫茶店を経営した。小さな前庭があり、立派な柳の木が緑の葉を豊かに垂らしていた。根津美術館の裏手の路地の奥にあり、客商売にはまったく向かない立地だったが、伯母には不思議に人を惹きつける力があり、それなりに繁盛していた。

しかし伯母は六十を過ぎて腰を悪くし、一人で店を切り盛りするのがだんだんむずかしくなってきた。そして店の経営から手を引き、伊豆高原にある温泉付きリゾート・マンションに移ることに決めた。そこにはリハビリのための施設も整っている。それで「自分がいなくなったあとその店をゆくゆく引き継ぐつもりはないか」と木野に相談を持ちかけていた。妻の浮気が発覚する三ヶ月ほど前の話だ。申し出はありがたいが、そういう気持ちは今のところない、と木野は返事をしていた。

会社に退職届を出したあと、木野は伯母に電話をかけ、まだ店は売れていないかと尋ねた。不動産屋には売り物件として出しているが、今のところまだ真剣な引き合いは来ていないということだった。できればそこでバーみたいなものを始めてみたいのだが、月々の家賃を払って借りることはできるだろうか、と木野は尋ねた。

「会社の仕事はどうするの？」と伯母は尋ねた。

「会社はこのあいだ辞めたよ」

「奥さんは反対してないの？」

「近いうちに離婚することになると思う」

木野はその理由を説明しなかったし、伯母も訊かなかった。電話の向こうで短い沈黙があった。それから伯母は、賃貸に出す場合の家賃の月額を口にした。木野が予想していたよりずっと少ない額だった。それならたぶん払えると思うと木野は言った。

「退職金も少しは出るようだし、お金のことで伯母さんに迷惑はかけないで済むと思う」

「そんなことは心配してない」と伯母はきっぱり言った。

木野と伯母はそれほど多くを語り合ってきたわけではないが（彼がその伯母と親しくすることを母親は歓迎しなかった）、昔からお互いを不思議に理解し合っているところがあった。木野が一度した約束を簡単に破る男ではないことを、彼女は承知していた。

木野は貯金の半分を使い、喫茶店の内装をバーに作り替えた。できるだけシンプルな什器《じゅうき》を揃え、厚い板で長いカウンターを作り、椅子を新しくした。落ち着いた色の壁紙を張り、照明も酒を飲む場所に相応《ふさわ》しいものに変えた。ささやかなレコード・コレクションを家から引き取り、棚に並べた。オーディオ装置もまずまずのものを所有していた。トーレンスのプレーヤーとラックスマンのアンプ。小型のJBL2ウェイ。独身時代にかなり無理をして買ったものだ。彼は古い時代のジャズをアナログ・レコードで聴くのが昔から好きだった。それはほとんど唯一の――そして同好の士というものをまわりに持たない――彼の趣味だった。また学生時代に六本木のパブでバーテンダーのアルバイトをしていたので、たいていのカクテルはそらで作れた。

店の名前は「木野」にした。他に適当な名前を思いつけなかったからだ。最初の一週間、客は一人も来なかった。しかしそれは予想していたことだったから、さして気にしなかった。その店を開いたことを、知人の誰にも告げなかった。広告もせず、目立つ看板も出さなかった。路地の奥に店を開き、それを見つけた物好きな客が入ってくるのをただじっと待っていただけだ。まだ退職金は少し残っていたし、別居中の妻は彼に何ひとつ経済的な要求をしなかった。彼女は既に木野のかつての同僚と一緒に暮らし始めていたので、今まで二人で住んでいた葛西のマンションが不要になった。だからそれを売却し、そこからローン残額を差し引いた金を半々に分けることにした。木野は店の二階に寝泊まりしていた。しばらくは食いつないでいけるだろう。

客がまったく来ない店で、木野は久しぶりに心ゆくまで音楽を聴き、読みたかった本を読んだ。乾いた地面が雨を受け入れるように、ごく自然に孤独と沈黙と寂寥《せきりょう》を受け入れた。よくアート・テイタムのソロ・ピアノのレコードをかけた。その音楽は今の彼の気持ちに似合っていた。

別れた妻や、彼女と寝ていたかつての同僚に対する怒りや恨みの気持ちはなぜか湧いてこなかった。もちろん最初のうちは強い衝撃を受けたし、うまくものが考えられないような状態がしばらく続いたが、やがて「これもまあ仕方ないことだろう」と思うようになった。結局のところ、そんな目に遭うようにできていたのだ。もともと何の達成もなく、何の生産もない人生だ。誰かを幸福にすることもできず、むろん自分を幸福にすることもできない。だいたい幸福というのがどういうものなのか、木野にはうまく見定められなくなっていた。痛みとか怒りとか、失望とか諦観とか、そういう感覚も今ひとつ明瞭に知覚できない。かろうじて彼にできるのは、そのように奥行きと重みを失った自分の心が、どこかにふらふらと移ろっていかないように、しっかり繋ぎとめておく場所をこしらえておくくらいだった。「木野」という路地の奥の小さな酒場が、その具体的な場所になった。そしてそれは――あくまで結果的にはということだが――奇妙に居心地の良い空間となった。

人間よりも先に「木野」の居心地の良さを発見したのは灰色の野良猫だった。若い雌猫で、長くて美しい尻尾を持っていた。店の片隅にある窪《くぼ》まった飾り棚が気に入ったらしく、そこで丸くなって眠った。木野はできるだけ猫にかまわずにおいた。たぶん放っておいてほしいのだろう。一日に一度餌を与え、水を取り替えてやった。それ以上のことはしなかった。そして猫がいつでも自由に出入りできるように、小さな出入り口を作ってやった。しかし猫はなぜかむしろ、人と一緒に正面のドアから出入りすることを好んだ。

あるいはその猫が良い流れを運んできてくれたのかもしれない。やがて少しずつではあるが客が「木野」を訪れるようになった。路地の奥の一軒家、小さな目立たない看板、歳月を経た立派な柳の木、無口な中年の店主、プレーヤーの上で回転している古いLPレコード、二品ほどしかない日替わりの軽食、店の片隅で寛《くつろ》いでいる灰色の猫。そんなたたずまいを気に入って、何度も足を運んでくれる客もできた。彼らが新しい客を連れてきてくれることもあった。繁盛するというにはほど遠いが、売り上げから毎月の家賃を払うくらいはできるようになった。木野にはそれで十分だった。

頭を坊主にしたその若い男が店に顔を見せるようになったのは、開店して二ヶ月ほど経った頃だった。そして木野がその名前を知るまでに、それからまた二ヶ月を要した。男の名前はカミタといった。神様の田んぼと書いて、カミタと言います。カンダではなく、と男は言った。木野に向かってそう言ったわけではなかったが。

その日は雨が降っていた。傘が必要かどうか迷う程度の雨だ。店内にはカミタと、ダークスーツを着た二人連れの男の客がいた。時計は七時半を指していた。カミタはいつものようにカウンターの奥で、ホワイト・ラベルの水割りを飲みながら本を読んでいた。二人組はテーブル席で、オー・メドックのボトルを飲んでいた。彼らは店に入ってくると紙袋からワインの瓶を取り出し、「コルク・フィーとして五千円払うから、これをここで飲んでかまわないか？」と言った。前例のないことだったが、断る理由もなかったので、いいですよと木野は言った。コルクを抜いてやり、ワイン・グラスをふたつ出した。ミックスナッツの皿も出した。手間はかからない。ただ二人はよく煙草を吸ったので、煙草の苦手な木野にとってはあまりありがたくない客だった。店は暇だったから、木野はスツールに腰掛けて『ジェリコの戦い』が入っているコールマン・ホーキンズのLPを聴いた。メジャー・ホリーのベース・ソロが素晴らしい。

二人の男たちは、最初は普通に和気藹々《あいあい》とワインを飲んでいたのだが、やがて何かのきっかけで口論が始まった。内容まではわからないが、ある特定の問題について二人の意見が微妙に食い違い、接点を見出そうとする試みも失敗に終わったようだった。双方とも次第に感情的になり、軽い口論は鋭い言い争いに変わっていった。ある時点で一人が席から立ち上がろうとして、テーブルが傾き、吸い殻でいっぱいになった灰皿とワイン・グラスがひとつ床に落ち、グラスは粉々に割れた。木野は箒《ほうき》を持ってそちらに行って、床を掃除し、新しいグラスと灰皿を出した。

カミタが——そのときはまだ名前はわかっていなかったのだが——男たちのそのような傍若無人な振る舞いを苦々しく思っていることは明らかだった。表情こそ変えなかったものの、彼の左手の指は、ピアニストが気になる特定のキーを点検するときのように、小さくカウンターをとんとんと叩いていた。この場をうまく収めなくては、と木野は思った。ここは彼が進んで責任をとらなくてはならない場所なのだ。木野は二人のところに行って、申し訳ないがもう少し声を小さくしてもらえないかと丁重に頼んだ。

一人が木野を見上げた。嫌な目つきだった。そして席から腰を上げた。それまでなぜか気がつかなかったのだが、かなりの巨漢だった。背はそれほど高くないが、胸板が分厚く腕が太い。相撲取りになってもおかしくない体格だ。小さい頃から喧嘩に負けたことは一度もない。人に指図することに慣れている。人から指図されることを好まない。木野は体育大学にいた頃、こういう種類の連中を何人か目にしてきた。理を説いて通じる相手ではない。

もう一人の男はずっと小柄だった。痩せて顔色が悪く、いかにも抜け目ない顔をしていた。巧妙に他人をたきつけて何かをさせることに長《た》けている、そんな印象を与える男だった。彼もまたゆっくり席から立ち上がった。木野は二人と顔をつきあわせるかたちになった。二人はそれを潮に口論をいったん棚上げし、連携《れんけい》して木野に立ち向かうことに決めたらしかった。二人の呼吸は見事なほど合っていた。まるでそういう展開になることを密かに待ち受けていたみたいに。

「なんだ、おまえはえらそうに、人の話の邪魔をしやがって」と大きな男が太く乾いた声で言った。

彼らはどちらも高級そうなスーツを着ていたが、近くでよく見るとその仕立ては上品とは言いがたいものだった。本物のやくざではないが、それに近い筋かもしれない。とにかくあまり褒められた仕事をしている連中ではなさそうだ。大男はクルーカットで、小柄な男は茶色に染めた髪をちょんまげのようなポニーテイルにしていた。少し面倒なことになるかもしれないと木野は覚悟した。腋の下にじんわりと汗が滲《にじ》んだ。

「すみません」という声が背後から聞こえた。

振り向くと、カミタがカウンターのスツールから降りて、そこに立っていた。

「店の人を責めないでくれませんか」とカミタは木野を指さして言った。「あなた方の声が大きかったので、ちょっと注意してくれないかと私がお願いしたんです。集中して本が読めないもので」

カミタの声は普段よりむしろ穏やかで間延びしていた。しかしそこには、見えないところで何かがゆっくり動き始めたような気配があった。

「本が読めないもので」と小柄な男が小さな声で、相手の言ったことをそのまま繰り返した。文法的に構文に不備がないか確かめるみたいに。

「あんた家はないのか？」と大柄の男がカミタに言った。

「あります」とカミタは答えた。「この近くに住んでいます」

「じゃあ、家に帰って読めばいいだろう」

「ここで本を読むのが好きなんです」とカミタは言った。

二人の男は顔を見合わせた。

「本を貸してみろや」と小柄な男が言った。「俺が代わりに読んでやろう」

「自分で静かに読むのが好きなんです」とカミタは言った。「それに漢字を間違って読まれるのがいやだから」

「面白いやつだ」と大柄な男が言った。「笑える」

「おたく、名前はなんていうんだ？」とポニーテイルが訊いた。

「神様の田んぼと書いて、カミタと言います。カンダではなく」とカミタは言った。そこで初めて木野は彼の名前を知ったのだ。

「覚えておこう」と大柄な男は言った。

「いい考えです。記憶は何かと力になります」とカミタは言った。

「とにかく表に出ようじゃないか。その方がお互い率直に話し合えそうだ」と小柄な男が言った。

「いいですよ」とカミタは言った。「どこにでも行きましょう。でもその前に勘定を済ませておきませんか？」そうすれば店に迷惑がかからない」

「いいだろう」と小柄な男は同意した。

カミタは木野に勘定を頼み、自分のぶんを小銭まで正確にカウンターに置いた。ポニーテイルは紙入れから一万円札を出して、テーブルの上に放った。

「割ったグラスのぶんを入れて、これで間に合うか？」

「じゅうぶんです」と木野は言った。

「けちな店だ」と大柄な男が嘲《あざけ》るように言った。

「釣りはいらないから、もう少しましなワイン・グラスを買っておけよ」とポニーテイルが木野に言った。「あのグラスじゃせっかくの上等のワインがまずくなる」

「まったくけちな店だ」と大柄な男が繰り返した。

「そう、ここはけちな客が集まる、けちな店なんです」とカミタは言った。「あなたがたには向いていない。あなたがたに向いた店は他にあるでしょう。どこにあるのかは知りませんが」

「面白いことを言うやつだ」と大柄な男が言った。「笑える」

「あとで思い出してゆっくり笑ってください」とカミタが言った。

「なんにせよ、どこに行けとか行くなとか、おたくにいちいち指図されたかねえな」とポニーテイルが言った。そして唇を長い舌でゆっくりと舐めた。獲物を前にした蛇のように。

大柄な男がドアを開けて外に出て、そのあとにポニーテイルが続いた。おそらく不穏な空気を感じたせいだろう、雨が降っているというのに、猫もそのあとから外に飛び出していった。

「大丈夫ですか?」と木野はカミタに尋ねた。

「心配ありません」とカミタは微笑を淡く口許に浮かべて言った。「木野さんはここにいて、何もしないで待っていてください。そんなに時間はかかりません」

そしてカミタは外に出て、ドアを閉めた。雨はまだ降り続いていた。雨脚はさっきより心持ち強くなっていた。木野はカウンターのスツールに腰掛け言われたとおり、ただ時間が経過するのを待った。新しく客が入ってくる気配はなかった。外はいやにしんとして、物音ひとつ聞こえない。カミタの読みかけの本がカウンターの上でページを開かれたまま、訓練された犬のように主人の帰りを待っていた。十分ほどあとでドアが開き、カミタが一人で中に入ってきた。

「よかったらタオルを貸してもらえますか？」と彼は言った。

木野は彼に新しいタオルを出した。カミタはそれで濡れた頭を拭いた。そして首筋を拭き、顔を拭き、最後に両手を拭いた。「ありがとう。もう大丈夫です。あいつらは二度と顔を見せません。木野さんに迷惑をかけることもないでしょう」

「何があったんですか、いったい？」

カミタはただ小さく首を振った。「知らない方がいい」ということなのだろう。それから彼は席に戻ってウィスキーの残りを飲み、何もなかったように本の続きを読んだ。帰り際に勘定を払おうとしたので、木野は相手に既に支払いが終わっていることを思い出させた。「そうだった」と恥ずかしそうにカミタは言い、レインコートの襟を立て、縁のある丸い帽子をかぶって店を出ていった。

カミタが帰ったあと、木野は外に出て、近所をひとまわりしてみた。しかし路地はひっそりとしていた。人通りもない。格闘したようなあともなく、血も流れていない。そこでいったい何があったのだろう？　彼は店に戻り、客を待った。しかし最後まで客は来なかったし、猫も戻ってこなかった。彼はグラスにダブルのホワイト・ラベルを注ぎ、同量の水を足し、小さな氷を二つ入れ、それを飲んでみた。格別の味わいのある飲み物ではない。ただそのとおりのものだ。しかしいずれにせよその夜、彼はいくらかのアルコールを必要としていた。

学生の頃、新宿の裏通りを歩いていて、やくざらしい男と二人の若いサラリーマンとの喧嘩を目にしたことがある。やくざはどちらかといえば貧相な見かけの中年男で、二人のサラリーマンの方が体格がよかった。酒も入っていた。だから二人は相手を見くびっていた。しかしおそらくボクシングの心得があったのだろう。ある時点でやくざは拳《こぶし》を固め、ただの一言も発することなく、二人の相手を目にも止まらぬ速さで叩きのめした。そして倒れたところに革靴の底で何度か強い蹴りを入れた。肋骨が何本か折れたかもしれない。そんな鈍い音が聞こえた。そして男は何ごともなかったように歩き去った。これがプロの喧嘩なのだと、木野はそのとき思った。余計な口はきかない。頭の中であらかじめ動きの段取りをつける。相手が準備を整える前に素早く叩きのめす。倒れた相手にはためらいなくとどめを刺す。そのまま立ち去る。アマチュアに勝ち目はない。カミタがそれと同じように、二人の男たちを数秒のうちに殴り倒す情景を木野は想像した。そういえば、カミタの風貌にはどことなくボクサーを思わせるところがあった。しかしその雨の夜、実際にそこで何がなされたのか、木野には知るすべもない。カミタも説明しようとはしない。考えるほど謎が深まった。

その出来事があった一週間ほど後に、木野は客の女性と寝た。彼女は木野が、妻と別れて最初に性交した相手だった。年齢は三十か、三十を少し越えているか、そのあたりだ。美人という範疇《はんちゅう》に入るかどうかは微妙なところだが、髪がまっすぐで長く、鼻が短く、人目を惹く独特の雰囲気があった。物腰や話し方にどことなく気怠《けだる》い印象があり、表情を読み取るのがむずかしかった。

女は前にも何度か店に来ていた。いつも同年代の歳の男と一緒だった。男は鼈甲《べっこう》縁の眼鏡をかけ、顎の先に昔のビート族のような尖《とが》った鬚《ひげ》をはやしていた。髪は長く、ネクタイを締めていなかったから、たぶん普通の勤め人ではないのだろう。彼女はいつも細身のワンピースを着て、それは、すらりとした身体を美しく目立たせていた。二人はカウンター席に座り、時折ひそひそと言葉を交わしながらカクテルかシェリーを飲んだ。それほど長居はしなかった。たぶんセックスの前の酒なのだろうと木野は想像した。あるいはその後かもしれない。どちらとも言えない。しかしいずれにせよ、二人の酒の飲み方には性行為を連想させるものがあった。長く濃密な性行為を。二人とも不思議なくらい表情に乏しく、とくに女が笑ったのを木野は目にしたことがなかった。

彼女はときどき木野に話しかけた。いつもそのときにかかっている音楽についての話だった。ミュージシャンの名前とか曲目とか。彼女はジャズが好きで、自分でもアナログ・レコードを少し集めていると言った。「父親がよくこういう音楽をうちで聴いていたわ。私自身はもっと新しいものの方が好きだけど、でも聴いていると懐かしい」

音楽が懐かしいのか、父親が懐かしいのか、その口調からはどちらとも判断しかねた。しかし木野はあえて尋ねなかった。

実を言うと、木野はその女とはあまり関わり合いにならないように注意していた。彼が彼女と親しくすることを、連れの男が歓迎していないように見えたからだ。一度その女と音楽について少しまとまった会話を交わしたことがあったが（都内の中古レコード店の情報や、レコード盤の手入れについて）、そのあと何かあるごとに、男は疑念を含んだ冷やりとする目を木野に向けるようになった。木野はその手の面倒からできるだけ距離を置くように常日頃から心がけていた。人間が抱く感情のうちで、おそらく嫉妬心とプライドくらいたちの悪いものはない。そして木野はなぜかそのどちらからも、再三ひどい目にあわされてきた。おれには何かしら人のそういう暗い部分を刺激するものがあるのかもしれない、と木野はときどき思うことがあった。

　しかしその夜、女は一人で店を訪れた。彼女のほかに客はいなかった。長い雨が降り続いている夜だった。ドアを開けると、雨の匂いを含んだ夜気が店内に忍び込んできた。彼女はカウンターに座ってブランデーを注文し、ビリー・ホリデーのレコードをかけてくれと言った。「できるだけ昔のものの方がいいかもしれない」。木野は『ジョージア・オン・マイ・マインド』の入った古いコロンビアのLPをターンテーブルに載せた。そして二人で黙ってそのレコードを聴いた。その裏面もかけてもらっていいかしらと彼女は言って、彼は言われたとおりにした。

　女は時間をかけてブランデーを三杯飲み、更に何枚かの古いレコードを聴いた。エロール・ガーナーの『ムーングロウ』、バディー・デフランコの『言い出しかねて』。いつもの男と待ち合わせをしているのだろうと、木野は最初思っていたのだが、閉店の時刻が近づいても男は姿を見せなかった。女もどうやら、男が来るのを待っているわけではなさそうだった。その証拠に一度も時計に目をやらなかった。一人で音楽を聴き、無言のうちに何か思いを巡らせ、ブランデーのグラスを傾けていた。女は沈黙がとくに苦にならない様子だった。ブランデーは沈黙に似合った酒だ。静かに揺らせ、色を眺めたり、匂いを嗅いだりして時間をつぶすことができる。彼女は黒い半袖のワンピースに、紺色の薄いカーディガンを羽織っていた。耳には小さな模造真珠のイヤリングをつけていた。

「今日はお連れの方は見えないんですか？」、そろそろ閉店時刻が近づいた頃、木野は思い切って女に尋ねた。

「今日は彼は来ないの。遠いところにいるから」、女はスツールから立ち上がり、眠り込んでいる猫のところに行って、その背中を指先で優しく撫でた。猫は気にせずそのまま眠り続けていた。

「私たち、もうこれ以上会わないようにしようと思っているの」と女は打ち明けるように言った。あるいは猫に向かって言ったのかもしれない。

いずれにせよ木野には返事のしようがなかった。彼はとくに何も言わず、そのままカウンターの中の片付けを続けた。調理台の汚れを落とし、調理用具を洗って抽斗《ひきだし》にしまった。

「なんて言えばいいのかしら」、女は猫を撫でるのをやめ、ヒールの音を刻みながらカウンターに戻ってきた。「私たちの関係って、あまり普通とは言えないから」

「普通とは言えない」と木野は相手の言葉をそのまま意味もなく繰り返した。

女はグラスに少し残っていたブランデーを飲み干した。「木野さんに見てほしいものがあるの」

それがたとえ何であるにせよ、木野はそんなものを見たくはなかった。それは見るべきではないものなのだ。そのことは最初からわかっていた。しかし彼がそこで口にするべきであった言葉は、あらかじめ失われていた。

女はカーディガンを脱ぎ、スツールの上に置いた。それから両手を首筋の後ろにまわし、ワンピースのジッパーを下ろした。そして背中を木野に向けた。白いブラジャーの背中部分の少し下に、いくつかの小さな痣《あざ》らしきものが見えた。褪《あ》せた炭のような色合いで、その不規則な散らばり方は冬の星座を思わせた。暗く枯渇した星の連なりだ。伝染性の病気の発疹の名残りかもしれない。それとも何かの傷痕《しょうこん》だろうか。

彼女は何も言わず、むき出しの背中を長いあいだ木野に向けていた。新品らしい下着の鮮やかな白さと、痣の暗さが不吉に対照的だった。木野は何か質問されたものの、質問そのものの意味がつかめない人のように、言葉もなくその背中を見つめていた。そこから目を逸《そ》らすことができなかった。やがて女は背中のジッパーを上げ、こちらを振り向いた。カーディガンを羽織り、間をとるように髪を整えた。

「火のついた煙草を押しつけられたの」と女は簡単に言った。

木野はしばらく言葉を失っていた。しかし何かを言わなくてはならない。「誰がそんなことをしたんですか？」と潤いを欠いた声で彼は言った。

女は返事をしなかった。答えようという気配すら見せなかった。そして木野もとくに返事を求めていたわけでもなかった。

「もう一杯だけブランデーをいただいていいかしら？」と女は言った。

木野は彼女のグラスにブランデーを注いだ。彼女は一口飲み、胸の奥をゆっくり下っていくその温かみを見届けていた。

「ねえ、木野さん」

木野はグラスを拭いていた手を休め、顔を上げて女を見た。

「こういうのが他にもあるの」と女は表情を欠いた声で言った。「なんていうか、少し見せにくいところに」

その夜、どうしてその女と関係を結ぶことになったのか、木野には自分の心の動きが思い出せない。その女には何かしら普通ではないものがあることを、木野は最初から感じ取っていた。何かが小さな声で彼の本能の領域に訴えていた。この女に深入りしてはならないと。おまけにこの背中につけられた煙草の火の痕だ。木野はもともと用心深い男だ。どうしても女が抱きたいのならプロを相手にすればいい。金を払えばそれで済むことだ。だいたい木野はその女に心を惹かれているわけでもなかった。

しかしその夜、女は明らかに男に——現実的には木野に——抱かれることを強く求めていた。彼女の目は奥行きを欠き、瞳だけが妙に膨らんでいた。後戻りの余地を持たない、決意に満ちた煌《きら》めきがそこにあった。木野はその勢いに抗することができなかった。彼にはそこまでの力はない。

木野は店の戸締まりをし、女と一緒に階段を上がった。女は寝室の明かりの下で手早くワンピースを脱ぎ、下着を取り、身体を開いた。そして彼に「見せにくいところ」を見せた。木野は思わず目を背けた。しかしまたそこに視線を戻さないわけにはいかなかった。それほど残酷な真似ができる男の心の動きも、それほどの痛みに耐え続ける女の心の動きも、木野には理解できなかったし、理解したいとも思わなかった。それは木野の住む世界から何光年も離れたところにある、不毛な惑星の荒ぶれた光景だった。

女は木野の手を取り、その火傷《やけど》の痕へと導いた。すべての傷痕をひとつひとつ順番に触らせた。乳首のすぐ脇にも、性器のすぐ脇にもその痕はあった。彼の指先は彼女に導かれるまま、その暗くこわばった傷痕を辿《たど》った。番号を追って鉛筆で線を引き、図形を浮かび上がらせるみたいに。その形は何かに似ているようでありながら、結局のところ何にも結びつかなかった。それから女は木野の服を脱がせ、二人は畳の床の上で交わった。会話もなく前戯もなく、明かりを消す余裕も、布団を敷く余裕もなく。女の長い舌が木野の喉の奥を探り、両手の爪が背中に食い込んだ。

彼らは飢えた二匹の獣のように、むきだしの明かりの下で言葉もなく、欲望の肉を何度も貪《むさぼ》った。様々な姿勢で様々なやり方で、ほとんど休むこともなく。窓の外が明るくなり始めた頃、二人は布団の中に入り、暗闇に引きずり込まれるように眠った。木野が目を覚ましたのは正午の少し前で、そのとき女は既に姿を消していた。ひどくリアルな夢を見たあとのような気持ちだった。しかしもちろん夢ではない。彼の背中には深く爪あとがつき、腕には歯形が残り、ペニスには締め付けられた鈍い痛みが感じられた。白い枕には何本もの長い黒髪が渦を巻き、これまで嗅いだことのない強い匂いがシーツに残されていた。

その後も女は客として何度か店を訪れた。いつもの顎鬚の男と一緒だった。カウンターに座り、二人で静かに話をしながら適度にカクテルを飲み、そして帰って行った。女は主に音楽について、木野と短く言葉を交わした。ごく普通のさりげない声音《こわね》で、いつかの夜に二人のあいだで起こったことなど何ひとつ覚えていないという様子で。しかし女の目の奥には、深い欲望の光のようなものがあった。木野にはそれが見えた。それは真っ暗な坑道のずっと奥に見えるランタンの灯のように、間違いなくそこにあった。その凝縮された光は木野に、背中に食い込む爪の痛みと、きつく締め付けられたペニスの感触と、動き回る長い舌と、布団に残された奇妙な強い匂いをありありと思い出させた。あなたはそれを忘れることはできない、とそれは教えていた。

彼女と木野が言葉を交わしているあいだ、連れの男は行間を読み取るのに長けた読書家のような目で、注意深く子細に木野の顔つきや素振りを観察していた。その男女のあいだには、ねっとりと纏《まと》わりつくような感触があった。二人にしか理解できない重い秘密を、彼らはひっそりと分け合っているようだった。彼らが店を訪れるのが性行為の前なのか後なのか、木野には相変わらず判断できなかった。でもそのどちらかであることは確かだった。そして不思議と言えば不思議なのだが、二人とも煙草はまったく吸わなかった。

女はまたいつか、おそらくは静かな雨の降る夜に、一人でこの店を訪れるだろう。連れの顎鬚の男がどこか「遠いところ」にいるときに。木野にはそれがわかった。女の目の奥にある深い光がそのことを告げていた。女はカウンターに座って寡黙にブランデーを何杯か飲み、木野が店じまいするのを待つ。そして二階に上がり、ワンピースを脱ぎ、明かりの下で身体を開き、新しく加わった火傷の痕を彼に見せる。それから二人はまた二匹の獣のように激しく交わるだろう。何を考える余裕もなく、夜が白むまでずっと。それがいつなのか、木野にはわからない。でもいつかだ。それは女が決める。そのことを考えると喉の奥が乾いた。いくら水を飲んでも癒されることのない渇きだった。

夏の終わりに離婚がようやく正式に成立し、そのときに木野と妻は顔を合わせた。二人で話し合って処理しなくてはならない案件がいくつか残っており、妻の代理人によれば、彼女は木野と二人だけでじかに話し合うことを望んでいた。二人は開店前の木野の店で会うことになった。

用件はすぐに片付き(木野は提示されたすべての条件に異議を唱えなかった)、二人は書類に署名し印鑑を押した。妻は新しい青いワンピースを着て、髪はこれまでになく短くしていた。表情も前より明るく、健康的に見えた。首筋と腕についた贅肉もきれいに落ちていた。彼女にとって新しい、おそらくはより充実した生活が始まったのだ。彼女は店内を見回し、なかなか素敵なお店ねと言った。静かで清潔で、落ち着いた雰囲気があって、いかにもあなたらしい。そして短い沈黙があった。しかしそこには胸を震わせるものはない……おそらくそう言いたいのだろうと木野は推測した。

「何か飲む?」と木野は尋ねた。

「赤ワインがあれば、少し」

木野はワイン・グラスを二つ出し、ナパのジンファンデルを注いだ。そして二人で黙ってそれを飲んだ。離婚の正式な成立を祝して乾杯するわけにもいかない。猫がやってきて、珍しく自分から木野の膝の上に飛び乗った。彼はその耳の後ろを撫でてやった。

「あなたに謝らなくてはいけない」と妻は言った。

「何について?」と木野は尋ねた。

「あなたを傷つけてしまったことについて」と妻は言った。「傷ついたんでしょう、少しくらいは?」

「そうだな」と木野は少し間を置いて言った。「僕もやはり人間だから、傷つくことは傷つく。少しかたくさんか、程度まではわからないけど」

「顔を合わせて、そのことをきちんと謝りたかった」

木野は肯いた。「君は謝ったし、僕はそれを受け入れた。だからこれ以上気にしなくていい」

「こんなことになる前に、あなたに正直に打ち明けなくてはと思っていたんだけど、どうしても言い出せなかった」

「でもどういう経緯を辿るにせよ、話の結末は同じだったんだろう？」

「そうだと思う」と妻は言った。「でも、言い出せずにぐずぐずしているうちに、最悪のかたちになってしまった」

木野は黙ってワイン・グラスを口に運んだ。実際のところ、その、と、き、に起こったことを彼はもうほとんど忘れかけていた。いろんな出来事が順番通り思い出せない。ばらばらになってしまった索引カードのように。

彼は言った。「誰のせいというのでもない。僕が予定より一日早く家に帰ったりしなければよかったんだ。あるいは前もって連絡しておけばよかった。そうすればあんなことにはならなかった」

妻は何も言わなかった。

「あの男との関係はいつから続いていたんだ？」と木野は尋ねた。

「その話はしない方がいいと思う」

「僕が知らない方がいいということ？」

妻は黙っていた。

「そうだな、そうかもしれない」と木野は認めた。そして猫を撫で続けた。猫は喉を大きく鳴らしていた。それも今までになかったことだ。

「私にこんなことを言う資格はないかもしれない」とかつて彼の妻であった女は言った。「でもあなたは早くいろんなことを忘れて、新しい相手を見つけた方がいいと思う」

「どうだろう」と木野は言った。

「あなたとうまくやれる女性はどこかにいるはずよ。相手を探すのはそんなにむずかしくないと思う。私はそういう人になることができなくて、残酷なことをしてしまった。それはとても申し訳ないと思っている。でも私たちの間には、最初からボタンの掛け違いみたいなものがあったのよ。あなたはもっと普通に幸福になれる人だと思う」

ボタンの掛け違い、と木野は思った。

彼女の着ている新しい青いワンピースに木野は目をやった。二人は向き合って座っていたから、その背中がジッパーなのかボタンなのか、そこまではわからない。しかしそのジッパーを下ろしたときに、あるいはボタンを外したときに、そこに何が見えるのか、木野は思いを巡らさないわけにはいかなかった。その身体はもう彼のものではない。それを見ることも、それに触れることもできない。彼はただ想像を働かせるしかない。目を閉じると、無数の暗褐色の火傷の痕が、彼女の滑らかな白い背中を、生きた虫の群れのようにもぞもぞと蠢《うごめ》き、思い思いの方向に這って移動していた。彼はその不吉なイメージを振り払うために、何度か小さく首を左右に振った。妻はその動作の意味を誤解したようだった。

彼女は木野の手に優しく手をかさねた。「ごめんなさい」と彼女は言った。「本当にごめんなさい」

秋がやってきて、まず猫がいなくなり、それから蛇たちが姿を見せ始めた。

猫がいなくなったことに木野が気づくのに、少し日にちがかかった。というのはその雌猫は——名前はない——来たいときにだけ店にやってきたし、しばらくまったく姿を見せないこともあったからだ。猫は自由を尊ぶ生き物だ。またその猫はどうやら他でも餌をもらっているらしかった。だから一週間か十日姿を見せなくても、木野は気にしなかった。しかしその不在が二週間を越えると、少し不安になってきた。事故にでも遭ったのではないだろうか？　そして不在が三週間に及んだとき、猫がもう戻ってこないであろうことを木野は直感的に悟った。

木野はその猫が気に入っていたし、猫の方も木野に気を許しているようだった。彼は猫に餌をやり、眠る場所を提供し、できるだけそっとしておいてやった。猫は好意を示すことで、あるいは敵意を示さないことでそれに報いた。猫はまた木野の店のお守りとしての役目を果たしているようでもあった。猫が店の隅っこで静かに眠っている限りそれほど悪いことは起こらない。そういう印象があった。

猫が姿を消したのと前後して、家のまわりに蛇を見かけるようになった。

最初に見たのはくすんだ褐色の蛇だった。丈はかなり長い。それは前庭に影を落とす柳の木の下を、身をくねらせながらそろそろと進んでいた。食品の入った紙袋を抱え、ドアの鍵を開けているとき、木野はそれを目にとめた。東京の真ん中で蛇を見かけるのは珍しいことだ。彼は少し驚いたが、さして気にはしなかった。裏には根津美術館の自然を残した広い庭がある。蛇が住んでいても不思議はない。

しかしその二日後に彼は、昼前に新聞をとろうとドアを開け、ほとんど同じ場所で違う蛇を目にした。今度は青みを帯びた蛇だった。前のものよりは小ぶりで、どことなくぬめった感じがあった。その蛇は木野の姿を目にすると動きを止め、首を微《かす》かに上げて彼の顔をうかがった（あるいはうかがっているように見えた）。木野がどうしようか戸惑っていると、蛇はゆっくり首を下ろし、素早く物陰に消えた。木野はそこに何かしら気味の悪いものを感じずにはいられなかった。その蛇は彼のことを知っているように思えたからだ。

三匹目の蛇をまたほとんど同じ場所で目にしたのは、その三日後だった。やはり前庭の柳の木の下だ。今度のは前の二匹よりずっと体長の短い、黒みを帯びた蛇だった。木野には蛇の種類はわからない。しかしその蛇がこれまでの中では最も危険な印象を彼に与えた。毒を持った蛇のように見えたが、確信はない。彼がその蛇を目にしたのはほんの一瞬のことだ。蛇は木野の気配を感じると、はじけ飛ぶように雑草の中に消えた。一週間で三匹の蛇を目にするのは、いくらなんでも多すぎる。このあたりで何かが持ち上がっているのかもしれない。

木野は伊豆の伯母に電話をかけた。近況を簡単に報告したあと、これまでに青山の家のまわりで蛇を見かけたことがあるかどうか尋ねてみた。

「ヘビ？」と伯母は驚いたように声を上げた。「あの這《は》う蛇のこと？」

木野は家の前で続けざまに目撃した三匹の蛇のことを話した。

「あそこには長く住んでいたけど、そういえば蛇を見た覚えってないわね」と伯母は言った。

「じゃあ、一週間のうちに三匹も家のまわりで蛇を見かけるというのは、あまり普通じゃないことなんだね？」

「ええ、そうね。普通じゃないことだと思う。ひょっとして大きな地震の来る前触れとか、そういうんじゃないかしら。動物は異変の到来を前もって感じ取って、普段とは違う行動を取るというから」

「もしそうだとしたら、非常食を用意しておいた方がいいかもしれないね」と木野は言った。

「それがいいと思う。いずれにせよ、東京に住んでいるかぎりどうせいつか地震は来るんだもの」

「でも、だいたい蛇が地震をそんなに気にするものなのかな？」

蛇が何を気にするかまでは自分にはわからないと伯母は言った。木野にももちろんそんなことはわからない。

「でもね、蛇というのはそもそも賢い動物なのよ」と伯母は言った。「古代神話の中では、蛇はよく人を導く役を果たしている。それは世界中どこの神話でも不思議に共通していることなの。ただそれが良い方向なのか、悪い方向なのか、実際に導かれてみるまではわからない。というか多くの場合、それは善きものであると同時に、悪しきものでもあるわけ」

「両義的」と木野は言った。

「そう、蛇というのはもともと両義的な生き物なのよ。そして中でもいちばん大きくて賢い蛇は、自分が殺されることのないよう、心臓を別のところに隠しておくの。だからもしその蛇を殺そうと思ったら、留守のときに隠れ家に行って、脈打つ心臓を見つけ出し、それを二つに切り裂かなくちゃならないの。もちろん簡単なことじゃないけど」

木野は伯母の博識に感心した。

「このあいだNHKを見ていたら、世界の神話を比較する番組で、どこかの大学の先生がそういう話をしていた。テレビってけっこう役に立つことを教えてくれる。馬鹿にできないわよ。暇ができたら、あなたももっとテレビを見るといい」

一週間に三匹も違う蛇をこのあたりで見かけるのは普通のこととは言えない——それが伯母との会話からひとつ明らかになったことだった。

十二時に店を閉め、戸締まりをして二階に上がる。風呂に入り、しばらく本を読んでから、二時前には明かりを消して眠る。そんな時刻に木野は、自分が蛇たちに取り囲まれていると感じるようになった。家のまわりを無数の蛇たちが取り巻いているのだ。その密かな気配が感じられた。真夜中になると近辺は静まりかえり、時折の救急車のサイレンを別にすれば物音ひとつ聞こえない。蛇の這う音さえ聞こえそうだ。彼は猫のために設けておいた出入り口を、板を打ちつけて塞いだ。蛇たちが家の中に入ってこられないように。

蛇たちは少なくとも今のところ、木野に何かをするつもりはないようだ。彼らはただこの小さな家のまわりをひっそりと両義的に取り囲んでいるだけだ。あの灰色の雌猫が店にやってこなくなったのもあるいはそのせいかもしれない。火傷の女もしばらく姿を見せなかった。木野は彼女が雨の夜に一人きりで店にやってくることを恐れ、同時に心の奥でそれを密かに求めてもいた。それもやはり両義的なことのひとつだ。

ある夜カミタが十時前に姿を見せた。ビールを注文し、ホワイト・ラベルのダブルを飲み、そのあいだにロールキャベツまで食べた。彼がそんなに遅い時刻に来店するのも、それほど長居をするのも異例のことだった。カミタは時折読んでいる本から目を上げ、正面の壁をじっと見ていた。何ごとかを深く考えているようだった。そして閉店の時刻になり、自分が最後の客になるのを待った。

「木野さん」とカミタは勘定を済ませたあと、あらたまった声で言った。「こんなことになってしまって、僕としては残念でならないのです」

「こ、こんなことって？」と木野は思わず聞き返した。

「この店を閉めざるを得なくなったことです。たとえ一時的にせよ」

木野は言葉もなくカミタの顔を見ていた。店を閉める？

カミタは誰もいない店内をぐるりと見回した。それから木野の顔を見て言った。「どうやらまだ、僕の言っていることの意味がよくわかっておられないようですね？」

「ええ、何のことだかよく理解できていないと思います」

カミタは打ち明けるように言った。「僕はここがずいぶん気に入っていたんです。静かに本を読めたし、かかっている音楽も好きだった。この店がこの場所にできたことを喜んでいました。でも残念ながら多くのものが欠けてしまったようです」

「欠けてしまった？」と木野は言った。その言葉が具体的に何を意味するのか、木野にはわからなかった。彼に思い浮かべられるのは、小さく縁が欠けた茶碗くらいだった。

「あの灰色の猫はもうここには戻ってこないでしょう」とカミタはそれには答えずに言った。「少なくとも当分のあいだは」

「それはこの場所が欠けてしまったからですか？」

カミタは返事をしなかった。

木野はカミタにならって店内を注意深く見回してみたが、普段と違うところは見て取れなかった。ただいつもより心なしか空虚に、また活力と色彩を失って感じられた。閉店後の店はただでさえがらんとしているものだが、それでもなお。

カミタは言った。「木野さんは自分から進んで間違ったことができるような人ではありません。それはよくわかっています。しかし正しからざることをしないでいるだけでは足りないことも、この世界にはあるのです。そういう空白を抜け道に利用するものもいます。言っている意味はわかりますか？」

木野には理解できなかった。よくわからないと彼は言った。

「そのことをよく考えてみてください」とカミタは木野の目をまっすぐ見て言った。

「深く考える必要のある大事な問題です。答えはなかなか簡単には出てこないでしょうが」

「カミタさんが言うのは、私が何か正しくないことをしたからではなく、正しいことをしなかったから、重大な問題が生じたということなのでしょうか？　この店に関して、あるいは私自身に関して」

カミタは肯いた。「厳しい言い方をするなら、そうなるかもしれません。しかしそうだとしても、木野さん一人を責めるつもりはありません。もっと前に僕もそれに気づくべきだったのです。僕の油断でもありました。ここは僕ばかりではなく、きっと誰にとっても居心地の良い場所だったのでしょう」

「私はこれから何をすればいいのでしょう？」と木野は尋ねた。

カミタは黙ってレインコートのポケットに両手を突っ込んでいた。それから言った。

「しばらくこの店を閉めて、遠くに行くことです。今の時点で、それ以外にできることはなさそうです。偉いお坊さんに知り合いがいれば、お経をあげてもらい、家のまわりにお札を貼ってもらってもいいでしょう。しかしこの時代、そんな人は簡単に見つかりません。だから次の長い雨が降りだす前にここを出ていった方がいい。失礼ですが、長い旅行に出るお金の余裕はありますか？」

「長さにもよりますが、しばらくのことならまかなえます」と木野は言った。

「それはよかった。先のことは先で考えるしかありません」

「しかし、あなたはいったい誰なのですか？」

「僕はただのカミタというものです」とカミタは言った。「神の田んぼと書きますが、カンダではありません。古くからこのあたりに住んでいます」

木野は思いきって尋ねてみた。「カミタさん、ひとつうかがいたいのですが、これまでこのあたりで蛇を見かけたことはありますか？」

カミタはそれには答えなかった。「いいですね、遠くまで行って、できるだけ頻繁に移動し続けるんです。そしてもうひとつ、毎週月曜日と木曜日には必ず絵葉書を出してください。そうすれば木野さんが無事だとわかります」

「絵葉書？」

「その土地の絵葉書ならどんなものでもかまいません」

「でもどこに宛てて葉書を出せばいいのですか？」

「伊豆の伯母さん宛てでいいでしょう。差出人の名もメッセージも一切書いてはいけません。ただ宛先だけを書くようにしてください。大事なことですから、決して忘れないように」

木野は驚いて相手の顔を見た。「あなたはうちの伯母と親しいのですか？」

「ええ、あなたの伯母さんをよく存じ上げています。実を言うと、彼女に前もって頼まれていたのです。あなたの身に悪いことが起こらないよう目を配っていてほしいと。でもどうやら期待には添えなかったようです」

この男はいったい何ものなのだ？　しかしカミタがそれを進んで明らかにしない以上、木野には知りようがない。

「もう戻ってきていいとわかったら、そのときはお知らせします。木野さん、それまではここに近づかないように。わかりましたか？」

木野はその夜のうちに旅行の荷物をまとめた。次の長い雨が降りだす前にここを出ていった方がいい。それはあまりにも唐突な告知だった。説明もなければ、前後の理屈もよくわからない。しかし木野はカミタの言ったことをそのまま信じた。ずいぶん乱暴な話だったが、疑う気持ちはなぜか起きなかった。カミタの口にする言葉には論理を超えた不思議な説得力があった。着替えと洗面具は中型のショルダー・バッグひとつに収まった。スポーツ用品の会社に勤めていた頃、同じバッグに自分で荷物を詰めて出張旅行に出かけたものだ。長い旅行に何が必要で何が必要ではないか、よくわかっている。

夜が明けると、彼は「勝手ながら、当分休業させていただきます」という紙を店のドアにピンでとめた。遠くに、とカミタは言った。しかし具体的にどこに向かえばいいのか、考えは浮かんでこなかった。北に向かうか、南に向かうか、それもわからない。だからとりあえず、ランニング・シューズのセールスをしていたときよく巡回したコースをそのまま辿ることにした。高速バスに乗って高松に行った。四国を一周し、そのあと九州に渡るつもりだった。

高松駅の近くのビジネス・ホテルに泊まり、そこで三日を過ごした。街をあてもなく歩き回り、映画を何本か見た。昼間の映画館はどこもがらがらで、映画はどれもつまらなかった。日が暮れると部屋に帰ってテレビのスイッチをつけた。伯母の勧めに従って教育番組を中心に見た。しかし役に立ちそうな情報は何も得られなかった。高松での二日目が木曜日だったので、コンビニエンス・ストアで絵葉書を買い、切手を貼って伯母宛てに出した。カミタに言われたとおり、伯母の名前と住所だけを書いた。

三日目の夜にふと思いついて女を買った。電話番号はタクシーの運転手が教えてくれた。相手は二十歳前後の若い娘で、つるりとしたきれいな身体をしていた。しかしその女とのセックスは、始めから終わりまで味気のないものだった。それはただの性欲の解消に過ぎなかったし、そんなことを言えばほとんど解消にもならなかった。かえって渇きが増しただけだ。

「そのことをよく考えてみてください」とカミタは言った。「深く考える必要のある大事な問題です」。しかしどれだけ深く考えても、何がここで問題になっているのか、木野には理解できなかった。

その夜は雨が降っていた。雨脚はさして強くないが、降りやむ兆《きざ》しの見えない秋特有の長雨だった。繰り返しの多い単調な告白のように、そこには切れ目もなく、めりはりもなかった。いつ頃から降りだしたのか、今となってはそれすら思い出せない。それがもたらすのは冷ややかに湿った無力感だ。傘を差して外に出て、どこかで夕食をとろうという気持ちも湧いてこない。それなら何も食べなくていい。枕元のガラス窓は細かい水滴で覆われ、水滴は次から次へと新しいものに更新されていった。木野はそのガラス窓の模様の細かい変化を、とりとめのない思いで観察していた。その模様の向こうには、暗い街並みがあてもなく広がっている。ポケット瓶からウィスキーをグラスに注ぎ、同じ量のミネラル・ウォーターで割って飲んだ。氷はなし。廊下の製氷機まで足を運ぼうという気にもなれなかった。その生温かさが、彼の身体の気怠さにうまく馴染んでいた。

木野は熊本駅の近くにある安いビジネス・ホテルに泊まっていた。低い天井、狭いベッド、小さなテレビ、小さなバスタブ、ちっぽけな冷蔵庫。部屋の中の何もかもが小振りにできている。そこにいると、まるで自分が不格好な巨人になったような気がするほどだ。しかし彼はその狭さをとくに苦にも感じず、部屋に終日閉じこもっていた。雨が降っていたこともあり、近所のコンビニエンス・ストアまで足を運んだのを別にすれば、一度も部屋の外に出なかった。コンビニエンス・ストアでウィスキーのポケット瓶とミネラル・ウォーター、そしてつまみのクラッカーを買った。ベッドに寝転んで本を読み、本を読むのに飽きるとテレビを見て、テレビを見るのに飽きると本を読んだ。

それは熊本での三泊目だった。銀行の預金残高にはまだ十分余裕があったし、泊まろうと思えばもっとましなホテルに泊まることもできた。しかし今の自分にはこれくらいが似合った居場所だろう、そんな気がした。狭いところにじっとしていれば、余計なことを考える必要もないし、手を伸ばせば大抵のものに届く。それが木野には意外にありがたかった。これで音楽が聴ければ言うことはないのだがな、と彼は思った。テディ・ウィルソン、ヴィック・ディッケンソン、バック・クレイトン、そういう古風なジャズがときどき無性に聴きたくなった。堅実なテクニック、シンプルなコード、演奏することそれ自体の素朴な喜び、見事なまでのオプティミズム。今の木野が求めているのはそのような、今はもう存在しない種類の音楽だった。しかし彼のレコード・コレクションは遠く離れたところにあった。明かりが消え、しんと静まりかえった「木野」の閉店後の店内を、彼は思い浮かべた。路地の奥、大きな柳の木。やってきた客たちは休業の貼り紙を見て、あきらめて引き返していく。猫はどうしただろう？　戻ってきたとしても、出入り口が塞がれていることを知り、きっとがっかりしたことだろう。そして秘密めいた蛇たちはまだあの家を静かに包囲しているのだろうか？

八階の窓の真向かいにはオフィス・ビルの窓が見えた。いかにも安普請の細長い建物だ。朝から夕方までのあいだ、真向かいのフロアで働いている人々の姿を、窓ガラス越しに眺めることができた。ところどころブラインドが閉まっているので、切れ切れにしか様子は見えないし、それがどんな関係の仕事かまではわからない。ネクタイをしめた男たちが出入りし、女たちはコンピュータのキーを叩いたり、電話の応対をしたり、書類の整理をしたりしていた。見ていてとくに興味を惹かれる光景ではない。働いている人々の顔立ちも服装も、一様に凡庸だった。木野がそれを長い時間飽きもせずに眺めていた唯一の理由は、とくに他にすることもなかったからだ。そしてそこで木野がもっとも意外に思ったのは、あるいは驚いたのは、人々が時々とても楽しそうな表情を顔に浮かべることだった。中には大きな口を開けて笑っているものもいた。どうしてだろう？ そんな見栄えのしない事務所で一日働いて、面白みのない作業（としか木野の目には映らなかった）に追われて、どうしてそんなに愉快な気持ちになれるのだろう？ そこには自分には理解することのできない大事な秘密のようなものが隠されているのだろうか？ そう考えると、木野はなぜか少し不安になった。

そろそろ次の場所に移らなくてはならない。できるだけ頻繁に移動し続けてください――カミタにそう言われていた。しかし木野はその熊本の狭苦しいビジネス・ホテルから、なぜか腰を上げることができなくなっていた。この先行きたい場所も、見たい風景もまるで思いつけない。世界は目印のない広大な海であり、木野は海図と碇《いかり》を失った小舟だった。これからどこに行けばいいのか、九州の地図を開いて探していると、船酔いのような軽い吐き気に襲われた。木野はベッドに寝転んで本を読み、ときどき顔を上げ、向かいのオフィス・ビルで働いている人々の姿を観察した。時間が経つにつれ、自分の身体が次第に重みを失い、皮膚が透き通っていくみたいに感じられた。

その前日は月曜日だったので、木野はホテルの売店で熊本城の絵葉書を買い求め、そこにボールペンで伯母の名前と伊豆の住所を書いた。そして切手を貼った。それから葉書を手に取り、長いあいだ城の写真を無心に眺めていた。いかにも絵葉書に使われそうな型どおりの風景写真だ。青空と白い雲を背景に堂々と聳《そび》える天守閣。「別名銀杏城。日本三名城のひとつとされている」と説明にはあった。どれだけ眺めても、その城と木野のあいだには接点と呼べそうなものは見当たらなかった。それから彼は衝動的に葉書を裏返し、空白の部分に伯母にあてた文章を書いた。

「お元気でしょうか？　最近腰の具合はいかがですか？　僕はまだこうして一人であちこち旅を続けています。ときどき自分が半分ほど透明になった気がします。とれたての烏賊《いか》のように、内臓まで透けて見えてしまいそうです。でもそれを別にすればおおむね元気です。そのうちに伊豆に行きたいと思っています。木野」

どうしてそんなことを書いてしまったのか、木野にはそのときの自分の心の動きをうまくたどれない。それはカミタに固く禁じられていたことだった。宛先以外、葉書には何ひとつ書いてはいけません。そのことを忘れないようにしてください、カミタはそう言った。しかし木野はもう自分を抑制することができなくなっていた。どこかで現実と結びついていなくてはならない。そうしないとおれはもうおれでなくなってしまうだろう。おれはどこにもいない男になってしまう。木野の手はほとんど自動的に、葉書の狭い空白を細かく硬い字で埋めていった。そして思いの変わらないうちに、ホテルの近くにある郵便ポストに急いで葉書を投函した。

目を覚ましたとき、枕元のディジタル式の時計は2時15分を表示していた。誰かが部屋のドアをノックしている。強いノックではないが、その音は腕の良い大工が打つ釘のように簡潔に硬く、凝縮されていた。そしてノックをしている誰かは、その音が木野の耳にしっかり届いていることを承知していた。その音が木野を深い真夜中の眠りから、慈悲ある束の間の休息から引きずり出し、彼の意識を苛酷なまでに隈無《くまな》く澄み渡らせていることを。

ドアを叩いているのが誰なのか、木野にはわかる。彼がベッドを出てドアを内側から開けることを、そのノックは求めている。強く、執拗に。その誰かには外からドアを開けるだけの力はない。ドアは内側から木野自身の手によって開けられなくてはならない。

木野はその訪問が、自分が何より求めてきたことであり、同時に何より恐れてきたものであることをあらためて悟った。そう、両義的であるというのは結局のところ、両極の中間に空洞を抱え込むことなのだ。「傷ついたんでしょう、少しくらいは？」と妻は彼に尋ねた。「僕もやはり人間だから、傷つくことは傷つく」と木野は答えた。でもそれは本当ではない。少なくとも半分は嘘だ。おれは傷つくべきときに十分に傷つかなかったんだ、と木野は認めた。本物の痛みを感じるべきときに、おれは肝心の感覚を押し殺してしまった。痛切なものを引き受けたくなかったから、真実と正面から向かい合うことを回避し、その結果こうして中身のない虚《うつ》ろな心を抱き続けることになった。蛇たちはその場所を手に入れ、冷ややかに脈打つそれらの心臓をそこに隠そうとしている。

「ここは僕ばかりではなく、きっと誰にとっても居心地の良い場所だったのでしょう」とカミタは言った。彼の言おうとしていたことが、木野にも今ようやく理解できた。

木野は布団をかぶって目を閉じ、両手でぴたりと耳を塞ぎ、自分自身の狭い世界に逃げ籠もった。そして自らに言い聞かせた。何も見るまい、何も聞くまい、と。しかしその音を消し去ることはできない。たとえ世界の果てまで逃げ、両方の耳を粘土で塞いだところで、生きている限り、意識というものが僅かなりとも残る限り、そのノックの音は彼を追い詰めるだろう。それが叩いているのはビジネス・ホテルのドアではない。それは彼の心の扉を叩いているのだ。人はそんな音から逃げ切ることはできない。そして夜明けまでには——もし夜明けなどというものがまだあるとすればだが——まだ長い時間が横たわっている。

どれほどの時間が経過したのだろう、気がついたときノックの音はやんでいた。あたりは月の裏側のように静まりかえっている。それでも木野は布団をかぶったまま動かなかった。油断してはならない。彼は気配を殺し、耳を澄ませ、沈黙の中に不吉な示唆《しさ》を聞き取ろうとした。ドアの外にいるものがそれほど簡単にあきらめるはずはない。相手には急ぐ必要はないのだ。月も出ていない。空には枯死した星座が黒々と浮かんでいるだけだ。世界はまだしばらくのあいだ彼らのものだ。彼らはいくつもの違うやり方を持っている。求めは様々なかたちをとることができる。暗い根は地中の至る処にその先端を伸ばすことができる。それは我慢強く時間をかけ、弱い部分を探り、堅固な岩をさえ砕くことができる。

やがて予想どおり、再びノックが始まった。しかし今度は聞こえてくる方向が違う。音の響きも違っている。前よりずっと間近に、文字どおり耳もとでそれが聞こえる。その誰かは今では、枕もとの窓のすぐ外にいるようだ。おそらく地上八階の切り立ったビルの壁にへばり付き、顔を窓に押しつけるようにして、雨に濡れたガラスをこつこつと叩き続けているのだろう。それ以外には考えられない。

それでも叩き方だけは変わらない。二度。続けて二度。少し間を置いてまた二度。それがきりなく繰り返される。音が微妙に大きくなり、また小さくなる。感情を具《そな》えた特殊な心臓の鼓動のように。

窓のカーテンは開けたままになっている。彼は眠りに就く前に、窓についた水滴の模様をあてどなく眺めていた。今ここで布団から顔を出せば、暗いガラス窓の向こうに何が見えるか、木野にはおおよそ想像がついた。いや、違う、想像はつかない。想像するという頭の動きそのものを消し去らなくてはならない。いずれにせよ、おれはそれを目にするわけにはいかない。どれほど虚ろなものであれ、これは今でもまだおれの心なのだ。たとえ微かであるにせよ、そこには人々の温もりが残されている。いくつかの個人的な記憶が、浜辺の棒杭に絡《から》んだ海草のように、無言のまま満ち潮を待っている。いくつかの思いは、切られればたしかな赤い血を流すことだろう。今はまだ、どこかわけのわからないところにその心を彷徨《さまよ》い行かせるわけにはいかない。

神様の田んぼと書いて、カミタと言います。カンダではなく。この近くに住んでいます。

「覚えておこう」と大柄な男は言った。

「いい考えです。記憶は何かと力になります」とカミタは言った。

カミタはひょっとして、なんらかのかたちであの前庭の古い柳の木に結びついているのかもしれない、木野はふとそう思った。あの柳の木が自分を、そして小さな家を保護してくれていたのだ。よく理屈のわからないことだが、いったんそういう考えが頭に浮かぶと、話が節々で繋がるような気がした。

豊かな緑の枝を地面近くまで垂らした柳の姿を、木野は頭に思い浮かべた。夏にはそれは涼しい陰をささやかな前庭に落としてくれた。雨の日には無数の銀色の水滴を柔らかな枝に輝かせていた。風のない日にはそれは深く静かに思索し、風のある日には定まりきらぬ心をあてもなく揺らせた。小さな鳥たちがやってきて、高く鋭い声で語り合いながら、細くしなう枝に器用にとまり、やがてまた飛び立っていった。鳥たちが飛び去ったあとの枝は、しばらくのあいだ楽しげに左右に揺れていた。

木野は布団の中で身体を虫のように丸め、目を固く閉じ、ただ柳の木のことを思った。その色やその形やその動きを、ひとつひとつ具体的に頭に思い浮かべた。そして夜明けの訪れを念じた。あたりが次第に明るくなり、カラスや小鳥たちが目を覚まして一日の活動を始めるのを、こうして耐えて待つしかない。世界中の鳥たちを信じるしかない。翼を持ち、嘴《くちばし》を具えたすべての鳥たちを。それまでいっときも心を空っぽにしてはならない。空白が、そこに生じる真空が、それらを引き寄せるのだ。

柳の木だけでは足りなくなると、木野はほっそりとした灰色の雌猫のことを思い、その猫が焼き海苔を好んで食べたことを思い出した。カウンター席で熱心に本を読んでいるカミタの姿を思い、陸上トラックで苛酷なリペティション練習をやっている若い中距離ランナーたちの姿を思い、ベン・ウェブスターの吹く『マイ・ロマンス』の美しいソロを思った（途中二度スクラッチが入る。ぷつん・ぷつんと）。記憶は何かと力になる。そして髪を短くし、新しい青いワンピースを着たかつての妻の姿を思い浮かべた。何はともあれ、彼女が新しい場所で幸福で健康な生活を送っていることを木野は願った。身体に傷を負ったりしないでいてくれるといい。彼女は面と向かって謝罪したし、おれはそれを受け入れたのだ。おれは忘れることだけではなく、赦すことを覚えなくてはならない。

しかし時間はその動きをなかなか公正に定められないようだった。欲望の血なまぐさい重みが、悔恨の錆《さ》びた碇が、本来あるべき時間の流れを阻《はば》もうとしていた。そこでは時は一直線に飛んでいく矢ではなかった。雨は降り続き、時計の針はしばしば戸惑い、鳥たちはまだ深い眠りに就き、顔のない郵便局員は黙々と絵葉書を仕分けし、妻はかたちの良い乳房を激しく宙に揺らせ、誰かが執拗に窓ガラスを叩き続けていた。彼をほのめかしの深い迷宮に誘い込もうとするかのように、どこまでも規則正しく。こんこん、こんこん、そしてまたこんこん。目を背けず、私をまっすぐ見なさい、誰かが耳元でそう囁《ささや》いた。これがおまえの心の姿なのだから。

初夏の風を受け、柳の枝は柔らかく揺れ続けていた。木野の内奥にある暗い小さな一室で、誰かの温かい手が彼の手に向けて伸ばされ、重ねられようとしていた。木野は深く目を閉じたまま、その肌の温もりを思い、柔らかな厚みを思った。それは彼が長いあいだ忘れていたものだった。ずいぶん長いあいだ彼から隔てられていたものだった。そう、おれは傷ついている、それもとても深く。木野は自らに向かってそう言った。そして涙を流した。その暗く静かな部屋の中で。

そのあいだも雨は間断なく、冷ややかに世界を濡らしていた。

女のいない男たち

夜中の一時過ぎに電話がかかってきて、僕を起こす。真夜中の電話のベルはいつも荒々しい。誰かが凶暴な金具を使って世界を壊そうとしているみたいに聞こえる。人類の一員として僕はそれをやめさせなくてはならない。だからベッドを出て居間に行き、受話器を取る。

男の低い声が僕に知らせを伝える、一人の女性がこの世界から永遠に姿を消したことを。声の主は彼女の夫だった。少なくとも彼はそう名乗った。そして言った。妻は先週の水曜日に自殺をしました、なにはともあれお知らせしておかなくてはと思って、と彼は言った。なにはともあれ。僕の聞く限り、彼の口調には一滴の感情も混じっていなかった。電報のために書かれた文章のようだ。言葉と言葉のあいだにほとんどスペースがなかった。純粋な告知。修飾のない事実。ピリオド。

それに対して僕はどんなことを言ったのだろう？　何かは口にしたはずだが、思い出せない。いずれにせよ、そのあとひとしきり沈黙があった。道路の真ん中にぽっかり開いた深い穴を両端から二人でのぞき込んでいるような沈黙。それから相手はそのまま、何も言わずに電話を切った。壊れやすい美術品をそっと床に置くみたいに。僕はそのあとしばらくそこに立ち、とくに意味もなく受話器を手に握っていた。白いTシャツに青いボクサーショーツというかっこうで。

なぜ彼が僕のことを知っていたのか、それはわからない。彼女が僕の名前を「昔の恋人」として夫に教えたのだろうか？　何のために？　またどうやって彼はうちの電話番号を知ったのだろう（電話帳には載せていない）。それにそもそもどうして僕なのだ？　なぜ夫がわざわざ僕に電話をかけて、彼女が亡くなったことを知らせなくてはならないのだ？　彼女がそうしてくれと遺書に書き残していたとはとても思えない。僕と彼女がつきあっていたのは、ずいぶん昔のことだ。そして別れてからはただの一度も顔を合わせていない。電話で話したことさえない。

でもまあ、それはどうでもいい。問題は彼が僕に何ひとつ説明を与えてくれなかったことだ。彼は妻が自殺したことを僕に知らせなくてはならないと考えた。そしてどこから僕の自宅の電話番号を手に入れた。しかしそれ以上の詳しい情報を僕に与える必要はないと思った。僕を知と無知の中間地点に据えること、それがどうやら彼の意図するところであるらしかった。どうしてだろう？　僕に何かを考えさせるためだろうか？

たとえばどんなことを？

僕にはわからない。疑問符の数が増えていくだけだ。子供がノートにゴム印を手当たり次第に捺《お》していくみたいに。

　そのようなわけで、彼女がなぜ自殺したのか、どのような方法を選んで命を絶ったのか、僕はいまだに知識を持たない。調べようにも、調べる手だてがない。僕は彼女がどこに住んでいるかを知らなかったし、そんなことをいえば、彼女が結婚していたことすら知らなかった。当然ながら彼女の新しい姓も知らない（男も電話で名前を言わなかった）。どれくらい長く結婚していたのだろう？　子供（たち）はいたのだろうか？

　でも僕は夫が電話で言ったことを、そのままのかたちで受け入れた。疑う気持ちは起きなかった。僕と別れたあとも、彼女はこの世界を生き続け、誰かと（おそらく）恋に落ち、その相手と結婚し、そして先週の水曜日に何らかの理由で、何らかの方法で、自らの命を絶ったのだ。なにはともあれ。彼の声には確かに死者の世界に深く結びついたものがあった。夜の静寂《しじま》の中で、僕はその生々しい繋がりを耳にすることができた。ぴんと張った糸の緊迫を、その鋭い煌《きら》めきを目にすることもできた。そういう意味では——それが意図的であったかどうかはともかく——夜中の一時過ぎに電話をかけてきたことは、彼にとって正しい選択だった。昼の一時ではたぶんこうはいかなかっただろう。

僕がようやく受話器を置いてベッドに戻ったとき、妻も目を覚ましていた。

「何の電話だったの？　誰が死んだの？」と妻は言った。

「誰も死なない。間違い電話だよ」と僕は言った。いかにも眠そうな、間延びした声で。でももちろん彼女はそんなことは信じなかった。僕の声にもやはり死者の気配は含まれていたからだ。できたての死者がもたらす動揺は、強力な感染性を持っている。それは細かい震えとなって電話線を伝わり、言葉の響きを変形させ、世界をその振動に同期させていく。でも妻はそれ以上何も言わなかった。僕らは暗やみの中で横になり、そこにある静寂に耳を澄ませながら、それぞれに思いを巡らせていた。


そのようにして、彼女はこれまで僕がつきあった女性たちの中で、自死の道を選んだ三人目となった。考えてみれば、いや、むろんいちいち考えるまでもなく、ずいぶんな致死率だ。僕にはとても信じられない。だいたい僕はそれほど数多くの女性と交際してきたわけではないのだから。なぜ彼女たちが若くして、そんなに次々に自らの命を絶っていくのか、絶っていかなくてはならなかったのか、まったく理解できない。それが僕のせいでなければいいと思う。そこに僕が関与していなければいいと思う。あるいは彼女たちが僕を目撃者として、記録者として想定したりしていなければいいと思う。心から本当にそう思う。そして、どう言えばいいのだろう、彼女は――その三人目の彼女は

(名前がないと不便なので、ここでは仮にエムと呼ぶことにする)——どのように考えても自殺をするタイプではなかった。だってエムはいつも、世界中の屈強な水夫たちに見守られ、見張られていたはずなのだから。

エムがどういう女性だったのか、僕らがいつどこで知り合って、どんなことをしたのか、それについて具体的に語ることはできない。申し訳ないのだが、事情を明らかにすると、現実的にいろいろと面倒なことがある。おそらくまわりの(まだ)生きている人々に迷惑が及ぶことになる。だから僕としては、僕はかなり以前に彼女と一時期、とても親密につきあっていたが、あるときわけがあって離ればなれになった、としかここでは書けない。

僕は実を言うと、エムのことを、十四歳のときに出会った女性だと考えている。実際にはそうじゃないのだけれど、少なくともここではそのように仮定したい。僕らは十四歳のときに中学校の教室で出会った。たしか「生物」の授業だった。アンモナイトだか、シーラカンスだか、なにしろそんな話だ。彼女は僕の隣の席に座っていた。僕が「消しゴムを忘れたんだけど、余分があったら貸してくれないか」と言うと、彼女は自分の消しゴムを二つに割って、ひとつを僕にくれた。にっこりとして。そして僕は文字通り一瞬にして彼女と恋に落ちた。彼女は僕がそれまでに目にした中で、いちばん美しい女の子だった。とにかくそのとき僕はそう思った。僕はエムをそのような存在としてとらえたい。僕らはそんな具合に、中学校の教室で初めて出会ったのだと。アンモナイトだかシーラカンスだか、その手のものにひそやかに圧倒的に仲介されて。そう考えると、いろんなことがとてもすんなりと腑《ふ》に落ちるものだから。

僕は十四歳で、作りたての何かのように健康で、もちろん温かい西風が吹くたびに勃起していた。なにしろそういう年齢なのだ。でも彼女は僕を勃起させたりしなかった。彼女はすべての西風をあっさりと凌駕していたからだ。いや、西風ばかりじゃない、すべての方角から吹いてくる、すべての風を打ち消してしまうほど素晴らしかった。そこまで完璧な少女の前で、むさくるしく勃起なんてしていられないじゃないか。そんな気持ちにさせてくれる女の子に出会ったのは、生まれて初めてのことだった。

僕はそれがエムとの最初の出会いだったと感じている。ほんとはそうじゃないのだけれど、そう考えるとものごとの筋がうまく繋がる。僕は十四歳で、彼女も十四歳だった。それが僕らにとっての、真に正しい邂逅《かいこう》の年齢だったのだ。僕らは本当はそのように出会うべきであったのだ。

でもそれからエムは、いつの間にか姿を消してしまう。どこに行ってしまったのだろう？　僕はエムを見失う。何かがあって、少しよそ見をしていた隙に、彼女はどこかに立ち去ってしまう。さっきまでそこにいたのに、気がついたとき、彼女はもういない。たぶんどこかの小狡《こずる》い船乗りに誘われて、マルセイユだか象牙海岸だかに連れていかれたのだろう。僕の失望は彼らが渡ったどんな海よりも深い。どんな大烏賊《いか》や、どんな海竜がひそむ海よりも深い。自分という人間がつくづく嫌になってしまう。何も信じられなくなってしまう。なんということだ！　あれほどエムのことが好きだったのに。あれほど彼女のことを大事に思っていたのに。あれほど彼女を必要としていたのに。どうして僕はよそ見なんかしてしまったのだろう？

でも逆に言えば、エムはそれ以来いたるところにいる。いたるところに見受けられる。彼女はいろんな場所に含まれ、いろんな時間に含まれ、いろんな人に含まれている。僕にはそれがわかる。僕は消しゴムの半分をビニール袋に入れ、いつも大事に持ち歩いていた。まるで何かの護符のように。方角を測るコンパスのように。それさえポケットにあれば、この世界のどこかで、いつかエムを見つけ出せるだろう。僕はそう信じていた。彼女は水夫の世慣れた甘言に騙され、大きな船に乗せられ、遠いところに連れて行かれただけなのだ。彼女は常に何かを信じようとする人だったから。新しい消しゴムを戸惑いもなく二つに割って、その半分を差し出す人だったから。

僕はいろんな場所から、いろんな人から、彼女のかけらを少しでも手に入れようとする。しかしもちろんそれはただのかけらに過ぎない。どれだけ多くを集めても、かけらはかけらだ。彼女の核心は常に蜃気楼のように逃げ去っていく。そして地平線は無限だ。水平線もまた。僕はそれを追って忙しく移動を続ける。ボンベイまで、ケープタウンまで、レイキャビクまで、そしてバハマまで。港を持つすべての都市を僕は巡る。でも僕がそこに辿《たど》り着いたとき、彼女は既に姿をくらませている。乱れたベッドには彼女の温もりがまだ微《かす》かに残っている。彼女の巻いていた渦巻きの模様のスカーフが、椅子の背にかかったままになっている。読みかけの本がテーブルの上に、ページを開いたまま伏せてある。洗面所には生乾きのストッキングが干してある。でも彼女はもういない。世界中のはしっこい船乗りたちが僕の気配を嗅ぎつけ、彼女をすばやくどこかに連れ去って、隠してしまうのだ。もちろん僕はそのときもう十四歳ではなくなっている。僕はより日焼けし、よりタフになっている。髭《ひげ》も濃くなり、暗喩と明喩の違いも見分けられるようになっている。でも僕のある部分は、まだ変わることなく十四歳だ。そして僕の永遠の一部である十四歳の僕は、優しい西風が僕の無垢《むく》な性器を撫でるのを辛抱強く待っている。そのような西風が吹くところにはきっとエムがいるはずだ。

それが僕にとってのエムだった。

ひとつの場所に落ち着ける女性ではない。

しかし自らの命を絶つようなタイプでもない。

自分がここでいったい何を言おうとしているのか、僕自身にもよくわからない。僕はたぶん事実ではない本質を書こうとしているのだろう。でも事実ではない本質を書くのは、月の裏側で誰かと待ち合わせをするようなものだ。真っ暗で、目印もない。おまけに広すぎる。僕が言いたいのは、とにかくエムは僕が十四歳のときに恋に落ちるべき女性であったということだ。でも僕が実際に彼女と恋に落ちたのはずっとあとのことで、そのときには彼女は（残念ながら）もう十四歳ではなかった。僕らは出会いの時期を間違えたのだ。待ち合わせの日にちを間違えるみたいに。時刻と場所は合っている。でも日にちが違う。

しかしエムの中にも、まだ十四歳の少女が住んでいた。その少女はひとつの総体として――決して部分的にではなく――彼女の中にいた。注意深く目を凝らせば、僕はエムの中を行き来するその少女の姿をちらちらとかいま見ることができた。僕と交わっているとき、彼女は僕の腕の中でひどく年老いたり、少女になったりした。彼女はそのようにいつも個人的な時間を行き来していた。僕はそういう彼女が好きだった。僕はそんなとき、思いきり強くエムを抱きしめて、彼女を痛がらせた。僕は少し力が強すぎたかもしれない。でもそうしないわけにはいかなかったのだ。僕はそんな彼女をどこにもやりたくなかったから。

でももちろん僕が再び彼女を失う時はやってきた。だって世界中の船乗りたちが彼女をつけ狙っているのだ。僕一人で護りきれるわけがない。誰だってちょっとくらい目を離すことはある。眠らなくてはならないし、洗面所にもいかなくてはならない。バスタブだって洗わなくてはならない。玉葱を刻んだり、インゲンのへたをとったりもする。車のタイヤの空気圧をチェックする必要もある。そのようにして僕らは離ればなれになった。というか、彼女が僕から去っていったのだ。そこにはもちろん水夫の確かな影がある。それ自体が単身、ビルの壁をするする這い上がっていくような濃密で自律的な影だ。バスタブや玉葱や空気圧は、その影が画鋲《がびよう》のように振りまくメタファーのかけらに過ぎない。

彼女が去り、どれほど僕がその時に懊悩《おうのう》したか、どれほど深い淵に沈んだか、きっと誰にもわからないだろう。いや、わかるわけはない。僕自身にだってよく思い出せないくらいなのだから。どれほど僕は苦しんだのか？　どれほど僕は胸を痛めたのか？　哀しみを簡単に正確に計測できる機械がこの世界にあるといいのだけれど。そうすれば数字にしてあとに残しておけたのだ。その機械が手のひらに載るほどの大きさのものであればいうことない。僕はタイヤの空気圧を測るたびに、そんなことを考えてしまう。

そして結局のところ、彼女は死んでしまった。真夜中の電話が僕にそれを教えてくれる。その場所も手段も理由も目的も、僕にはわからないけれど、エムはとにかく自らの命を絶とうと決心し、それを実行したのだ。そしてこの現実の世界から（おそらく）静かに退出していった。たとえ世界中の水夫をもってしても、そのすべての巧みな甘言《かんげん》をもってしても、エムを深い黄泉《よみ》の国から救い出すことは――あるいは拐《かどわ》かすことだって――もうできない。真夜中に注意深く耳を澄ませばきっとあなたにも、水夫たちの弔いの歌が遠くに聴き取れるだろう。

そして彼女の死と共に、僕は十四歳のときの僕自身を永遠に失ってしまったような気がする。野球チームの背番号の永久欠番みたいに、僕の人生からは十四歳という部分が根こそぎ持ち去られている。それはどこかの頑丈な金庫に仕舞い込まれ、複雑な鍵をかけられ、海の底に沈められてしまった。たぶんこれから十億年くらい、その扉が開かれることはあるまい。アンモナイトとシーラカンスがそれを寡黙に見守っている。素敵な西風もうすっかり止んでしまった。世界中の水夫たちが彼女の死を心から悼んでいる。そして世界中の反水夫たちもまた。

エムの死を知らされたとき、僕は自分を世界で二番目に孤独な男だと感じることになる。

世界でいちばん孤独な男は、やはり彼女の夫に違いない。僕はその席を彼のために残しておく。僕は彼がどんな人物なのか知らない。年齢はいくつなのか、何をしているのか、していないのか、まったく情報を持たない。僕が彼に関して知っているのはただひとつ、声が低いということだけだ。でも声の低いことは、僕に彼についての具体的な事実を何も教えてはくれない。彼は水夫なのだろうか？　それとも水夫に対抗するものなもし後者であるとすれば、彼は僕の同胞の一人ということになる。もし前者であるとすれば……それでもやはり僕は彼に同情する。彼のために何かができればいいのだが、と思う。

　でも僕がそのかつての彼女の夫に近づくすべはない。彼の名前も知らないし、住んでいる場所も知らない。あるいは彼は既に、名前も場所もなくしてしまっているかもしれない。なにしろ彼は世界でいちばん孤独な男なのだから。僕は散歩の途中、一角獣の像の前に腰を下ろし（僕のいつもの散歩コースには、この一角獣の像がある公園が含まれている）、冷ややかな噴水を眺めながら、その男のことをよく考える。そして世界でいちばん孤独であることがどういうことなのかを、僕なりに想像する。世界で二番目に孤独であるということがどういうことなのか僕は既に知っている。しかし世界でいちばん孤独であるというのがどういうことなのかはまだ知らない。世界で二番目の孤独と、世界でいちばんの孤独との間には深い溝がある。たぶん。深いだけではなく、幅もおそろしく広い。端から端までしっかり飛び切ることができず、力尽きて途中で落ちてしまった鳥たちの死骸が、底で高い山をなしているくらい。

　ある日突然、あなたは女のいない男たちになる。その日はほんの僅かな予告もヒントも与えられず、予感も虫の知らせもなく、ノックも咳払いも抜きで、出し抜けにあなたのもとを訪れる。ひとつ角を曲がると、自分が既にそこにあることがあなたにはわかる。

でもう後戻りはできない。いったん角を曲がってしまえば、それがあなたにとっての、たったひとつの世界になってしまう。その世界ではあなたは「女のいない男たち」と呼ばれることになる。どこまでも冷ややかな複数形で。

女のいない男たちになるのがどれくらい切ないことなのか、心痛むことなのか、それは女のいない男たちにしか理解できない。素敵な西風を失うこと。十四歳を永遠に――十億年はたぶん永遠に近い時間だ――奪われてしまうこと。遠くに水夫たちの物憂くも痛ましい歌を聴くこと。アンモナイトとシーラカンスと共に暗い海の底に潜むこと。夜中の一時過ぎに誰かの家に電話をかけること。夜中の一時過ぎに誰かから電話がかかってくること。知と無知との間の任意の中間地点で見知らぬ相手と待ち合わせること。タイヤの空気圧を測りながら、乾いた路上に涙をこぼすこと。

とにかくその一角獣の像の前で、僕は彼がいつか立ち直ってくれることを祈る。本当に大切なことだけを――僕らはそれをたまたま「本質」と呼ぶわけだが――忘れることなく、その他のおおかたの付属的事実を、彼がうまく忘れてしまえることを祈っている。自分がそれを忘れたということさえ忘れてしまってくれればいいのだがと思う。心からそう思う。たいしたものじゃないか。世界で二番目に孤独な男が、世界でいちばん孤独な（会ったこともない）男を思いやり、彼のために祈っているのだから。

でもどうして彼はわざわざ僕のところに電話をかけてきたのだろう？　決して非難す

るわけではなく、ただ純粋に、言うなれば根源的に、その疑問を僕は今でも持ち続けている。なぜ彼は僕のことを知っていたのだろう？　なぜ僕のことを気にかけたのだろう？　答えはおそらく簡単だ。エムが僕のことを、僕の何かを、夫に語ったからだ。それしか考えられない。彼女が僕のどんなことを彼に語ったのかは見当もつかない。過去の恋人として、（夫に向かってわざわざ）語るべきいったいどんな値打ちが、どんな意味合いがこの僕にあったのだろう？　それは彼女の死に関係を持つような重大なことなのだろうか？　彼女の死に僕の存在がなんらかの影を落としているのだろうか？　ひょっとしたらエムは僕の性器のかたちが美しいことを夫に教えたのかもしれない。彼女は昼下がりのベッドの上で、よく僕のペニスを観賞したものだ。インドの王冠についていた伝説の宝玉を愛《め》でるみたいに、大事そうに手のひらに載せて。「かたちが素敵」と彼女は言った。それが本当なのかどうか、僕にはよくわからないけれど。

それが理由で、エムの夫は僕に電話をかけてきたのだろうか？　僕のペニスのかたちに敬意を表するために、夜中の一時過ぎに。まさか。そんなことがあるわけはない。それに僕のペニスはどう見たってぱっとしない代物なのだ。よく言って普通だ。考えてみれば、エムの審美眼には昔から首をひねらされることが多かった。彼女はなにしろほかの人とはずいぶん違う奇妙な価値観を持っていた。

たぶん（僕にはあくまで想像するしかないのだが）彼女は自分が、中学校の教室で、僕に消しゴムの半分を与えたことを告げたのではないだろうか。とくに他意はなく、悪気もなく、ごく当たり前のささやかな思い出話として。でも、言うまでもないことだが、それを聞いた夫は嫉妬する。たとえエムがそれまでにバス二台ぶんの水夫と交わっていたとしても、それよりは僕のもらった消しゴム半分の方にずっと痛烈に嫉妬するはずだ。当然のことではないか。バス二台ぶんの屈強な水夫がなんだっていうんだ。なにしろエムと僕はどちらも十四歳で、僕ときたらその当時、西風が吹くだけで勃起していたのだ。そんな相手に新しい消しゴムを半分に割って与えたりしたら、それはもう大変なことになってしまう。大きな竜巻に一ダースの旧弊《きゅうへい》な納屋《なや》を差し出すようなものだ。

僕はそれ以来、一角獣の像の前を通りかかるたびに、そこにしばらく腰を下ろして、女のいない男たちについて考えを巡らせることになる。どうしてその場所なのだろう？どうして一角獣なのだろう？ ひょっとしたらその一角獣もまた、女のいない男たちの一員なのかもしれない。だって一角獣のつがいなんて僕はこれまで見たこともないから。彼は――彼に違いない――いつも一人きりで、空に向けて鋭い角を勢いよく突き上げている。僕らはそいつを、女のいない男たちの代表として、僕らの背負っている孤独の象徴にするべきなのかもしれない。僕らは一角獣をかたどったバッジを胸や帽子につけて、世界中の通りをひそやかに行進するべきなのかもしれない。音楽もなく、旗もなく、紙吹雪もなく。たぶん（僕はたぶんという言葉を使いすぎている。たぶん）。

女のいない男たちになるのはとても簡単なことだ。一人の女性を深く愛し、それから彼女がどこかに去ってしまえばいいのだ。ほとんどの場合（ご存じのように）、彼女を連れて行ってしまうのは奸智《かんち》に長《た》けた水夫たちだ。彼らは言葉巧みに女たちを誘い、マルセイユだか象牙海岸だかに手早く連れ去る。それに対して僕らにはほとんどなすすべはない。あるいは水夫たちと関わりなく、彼女たちは自分の命を絶つかもしれない。それについても、僕らにはほとんどなすすべはない。水夫たちにさえなすすべはない。

どちらにせよ、あなたはそのようにして女のいない男たちになる。あっという間のことだ。そしてひとたび女のいない男たちになってしまえば、その孤独の色はあなたの身体に深く染み込んでいく。淡い色合いの絨毯にこぼれた赤ワインの染みのように。あなたがどれほど豊富に家政学の専門知識を持ち合わせていたとしても、その染みを落とすのはおそろしく困難な作業になる。時間と共に色は多少褪《あ》せるかもしれないが、その染みはおそらくあなたが息を引き取るまで、そこにあくまで染みとして留まっているだろう。それは染みとしての資格を持ち、時には染みとしての公的な発言権さえ持つだろう。あなたはその色の緩やかな移ろいと共に、その多義的な輪郭と共に、生を送っていくしかない。

その世界では音の響き方が違う。喉の渇き方が違う。髭の伸び方も違う。スターバックスの店員の応対も違う。クリフォード・ブラウンのソロも違うものに聞こえる。地下鉄のドアの閉まり方も違う。表参道から青山一丁目まで歩く距離だって相当に違ってくる。たとえそのあとで新たな女性に巡り会えたとしても、彼女がたとえどんなに素晴らしい女性であったとしても（いや、素晴らしい女性であればあるほど）、あなたはその瞬間から既に彼女たちを失うことを考え始めている。水夫たちの思わせぶりな影が、彼らの口にする外国語の響き（ギリシャ語？　エストニア語？　タガログ語？）が、あなたを不安にさせる。世界中のエキゾティックな港の名前があなたを怯《おび》えさせる。なぜならあなたは、女のいない男たちになるというのがどういうことなのかを、既に知ってしまっているからだ。あなたは淡い色合いのペルシャ絨毯であり、孤独とは落ちることのないボルドー・ワインの染みなのだ。そのように孤独はフランスから運ばれ、傷の痛みは中東からもたらされる。女のいない男たちにとって、世界は広大で痛切な混合であり、そっくりそのまま月の裏側なのだ。

僕がエムとつきあっていたのはおおよそ二年だった。それほど長い期間ではない。でも重い二年だった。たった二年、と言うこともできる。あるいは二年もの長きにわたって、と言うこともできる。それはもちろん見方によって変わってくる。つきあっていたといっても、僕らが会うのは月に二度か三度だった。彼女には彼女の事情があり、僕には僕の事情があった。そして残念ながら、僕らはそのときもう十四歳ではなかった。そんないろんな事情が、結局は僕らをだめにしていったのだ。彼女を離すまいと、どれだけ強く僕が抱きしめたところで。水夫の濃密な暗い影が、メタファーの尖《とが》った画鋲をばらまいていく。

僕がエムについて今でもいちばんよく覚えているのは、彼女が「エレベーター音楽」を愛していたことだ。よくエレベーターの中で流れているような音楽――つまりパーシー・フェイスだとか、マントヴァーニだとか、レイモン・ルフェーブルだとか、フランク・チャックスフィールドだとか、フランシス・レイだとか、101ストリングズだとか、ポール・モーリアだとか、ビリー・ヴォーンだとかその手の音楽だ。彼女はそういう（僕に言わせれば）無害な音楽が宿命的に好きだった。流麗きわまりない弦楽器群、心地よく浮かび上がる木管楽器、ミュートをつけた金管楽器、心を優しく撫でるハープの響き。絶対に崩されることのないチャーミングなメロディー、砂糖菓子のように口当たりの良いハーモニー、ほどよくエコーをきかせた録音。

僕は一人で車を運転するときは、よくロックかブルーズを聴いた。『デレク・アンド・ドミノズ』とか、オーティス・レディングとか、ドアーズとか。でもエムはそんなものは絶対にかけさせなかった。いつも一ダースくらいのエレベーター音楽のカセットテープを紙袋に入れて持参し、それを片端からかけた。僕らはあちこちをほとんどあてもなくドライブし、そのあいだ彼女はフランシス・レイの『白い恋人たち』にあわせて静かに唇を動かしていた。淡く口紅を塗った素敵な、セクシーな唇を。彼女はとにかく一万本くらいのエレベーター音楽のテープを持っていた。そして世界中の罪のない音楽についての膨大な知識を持っていた。「エレベーター音楽博物館」でも開けそうなくらい。

セックスをするときもそうだった。そこにはいつもエレベーター音楽が流れていた。僕は彼女を抱きながら、いったい何度パーシー・フェイスの『夏の日の恋』を聴いたことだろう。こんなことを打ち明けるのは恥ずかしいが、今でも僕はその曲を聴くと、性的に昂揚する。息づかいが少し荒くなり、顔が火照《ほて》る。パーシー・フェイスの『夏の日の恋』のイントロを聴きながら性的に昂揚する男なんて、世界中探してもたぶん僕くらいだろう。いや、彼女の夫だってそうかもしれないな。そのスペースはとりあえず残しておこう。パーシー・フェイスの『夏の日の恋』のイントロを聴きながら性的に昂揚する男なんて、世界中探してもたぶん（僕を入れて）二人くらいだろう。そう言い直そう。それでいい。

スペース。

「私がこういう音楽を好きなのはね」とあるときエムは言った。「要するにスペースの問題なの」

「スペースの問題？」

「つまりね、こういう音楽を聴いていると、自分が何もない広々とした空間にいるような気がするの。そこはほんとに広々としていて、仕切りというものがないの。壁もなく、天井もない。そしてそこでは私は何も考えなくていい、何も言わなくていい、何もしなくていい。ただそこにいればいいの。ただ目を閉じて、美しいストリングズの響きに身を任せていればいい。頭痛もなければ、冷え性もなければ、生理も排卵期もない。そこではすべてはただひたすら美しく、安らかで、淀むことがない。それ以上のことは何ひとつ求められていない」

「天国にいるみたいに？」

「そう」とエムは言った。「天国ではきっとBGMにパーシー・フェイスの音楽が流れていると思う。ねえ、もっと背中を撫でてくれる？」

「いいよ。もちろん」と僕は言った。

「あなたは背中を撫でるのがとてもじょうず」

僕とヘンリー・マンシーニは、彼女にわからないように顔を見合わせる。口許に微かな笑みを浮かべて。

僕はもちろんエレベーター音楽をも失っている。一人で車を運転するたびにそう思う。

信号待ちのあいだに、知らないどこかの女の子が急にドアを開けて助手席に乗り込んできて、何も言わず、僕の顔を見ることもなく、『白い恋人たち』の入ったカセットテープを、車のプレーヤーにむりやり差し込んでくれないものだろうかと思う。僕はそれを夢見てさえいる。しかしもちろんそんなことは起こらない。だいいちカセットテープをかける機械なんてもう持っていない。僕は今では車を運転するとき、ｉＰｏｄをＵＳＢケーブルでつないで音楽を聴いている。そしてもちろんそこには、フランシス・レイも１０１ストリングズも入っていない。ゴリラズとか、ブラック・アイド・ピーズとかが入っている。

一人の女性を失うというのは、そういうことなのだ。そしてあるときには、一人の女性を失うというのは、すべての女性を失うことでもある。そのようにして僕らは女のいない男たちになる。僕らはまたパーシー・フェイスとフランシス・レイと１０１ストリングズを失うことになる。アンモナイトとシーラカンスを失うことになる。もちろん彼女のチャーミングな背中だって失われてしまっている。僕はヘンリー・マンシーニの指揮する『ムーン・リヴァー』を聴きながら、そのソフトな三拍子にあわせて、エムの背中を手のひらでひたすら撫でたものだ。僕のハックルベリー・フレンド。川の曲がり《ベンド》の向こうに待っているもの……。でもそんなものはみんなどこかに消えてしまった。あとに残されているのは古い消しゴムの片割れと、遠くに聞こえる水夫たちの哀歌だけだ。

そしてもちろん噴水のわきで、空に向かって孤独に角を突き上げる一角獣。

エムが今、天国――あるいはそれに類する場所――にいて、『夏の日の恋』を聴いているといいと思う。その仕切りのない、広々とした音楽に優しく包まれているといいのだけれど。ジェファーソン・エアプレインなんかが流れていないといい(神様はたぶんそこまで残酷ではなかろう。僕はそう期待する)。そして『夏の日の恋』のヴァイオリン・ピッチカートを聴きながら、彼女がときどき僕のことを思い出してくれればなと思う。しかしそこまで多くは求めない。たとえ僕抜きであっても、エムがそこで永劫不朽《えいごうふきゅう》のエレベーター音楽と共に、幸福に心安らかに暮らしていることを祈る。彼女のいない男たちの一人として、僕はそれを心から祈る。祈る以外に、僕にできることは何もないみたいだ。今のところ。たぶん。

初出

「ドライブ・マイ・カー」　「文藝春秋」二〇一三年十二月号
「イエスタデイ」　「文藝春秋」二〇一四年一月号
「独立器官」　「文藝春秋」二〇一四年三月号
「シェエラザード」　「MONKEY」vol.2 SPRING 2014
「木野」　「文藝春秋」二〇一四年二月号
「女のいない男たち」　単行本書き下ろし

単行本　二〇一四年四月　文藝春秋刊

文春文庫

女《おんな》のいない男《おとこ》たち

定価はカバーに
表示してあります

2016年10月10日　第1刷
2022年2月15日　第10刷

著　者　村《むら》上《かみ》春《はる》樹《き》
発行者　花田朋子
発行所　株式会社 文藝春秋

東京都千代田区紀尾井町3-23　〒102-8008
TEL 03・3265・1211㈹
文藝春秋ホームページ　http://www.bunshun.co.jp

落丁、乱丁本は、お手数ですが小社製作部宛お送り下さい。送料小社負担でお取替致します。

印刷・凸版印刷　製本・加藤製本

Printed in Japan
ISBN978-4-16-790708-2